『失われた時を求めて』殺人事件

アンヌ・ガレタ

『失われた時を求めて』殺人事件

高柳和美訳

水声社

フィクションの楽しみ

目次

第一部

第二部

本書に登場する『失われた時を求めて』の人物

私……………………………………主人公、語り手。将来の夢は大作家。

スワン…………………………………パリの大社交会の寵児。嫉妬深い。

サン＝ルー夫人（ジルベルト）……スワンの娘。主人公の初恋の相手。

フランソワーズ………………………主人公の家の女中。料理上手。

コタール………………………………医者。だじゃれ好き。

ノルポワ………………………………外交官。アカデミー（学士院）会員。

ラ・ベルマ……………………………主人公が憧れる名女優。

ベルゴット……………………………主人公が憧れる作家。フェルメールの絵画『デルフトの眺望』を鑑賞中に、「黄色い小さな壁面」と呟きながら倒れ、死去。

ブロック………………………………主人公の友人。文学通。のちに作家となる。

ヴェルデュラン夫人…………………ブルジョワの社交サロンの女主人。のちに大貴族と再婚する。

アルベルチーヌ………………………主人公の恋人。主人公から同性愛疑惑を向けられる。

追悼

第一部

« Trust a murderer for a fancy prose style. »
V. NABOKOV, *Despair*.

クック・クック

長いあいだ人々は任せきりしてきたのだった、悲愴なる寝取られ夫《コキュ》や怯えきった精神病者、さすらいの無法者など、強迫観念——官能的、盲信的、好戦的、利己的——に囚われた者どもに、はたまた、家庭の父親や善き夫、善き息子など、警鐘や軍楽に駆り立てられ、善行をなしたいという狂熱に憑かれて加害者となった凡庸な者たちに、そう、殺人を。

　今日《こんにち》われわれに求められているのは、犯罪者どもの怠慢によって沈滞してしまった殺人を泥のなかから引きずり出す大胆さであり、さもしい善意の大衆のただなかで澱み、粉々になってはいるが、おそらくまだピクピクと脈打っている殺しをそこから救い出そうとする大胆さなのだ。なんと単調な反復ばかりではないか！　人間はこのような掃き溜めに安住し、古くからの欲動に従って別の同じような犯罪を犯すことで満足していてよいものだろうか？　構想《デッサン》あるいは運命《デスタン》を咎めるべきなのか？　われわれの魂が、いまひとつ大胆さに欠けているのだろうか？　だが、なぜ強姦や毒薬、短刀それに放火は、その力強い動機《モチーフ》でもって、お粗末極まる計画《デッサン》のほつれた構想《カンバス》ばかりを相も変わらず刺繍してきたのだろう？

古い建物正面《ファサード》の輝く石壁に穿たれたいくつもの窪み、傾きかけた太陽によって眩く光るガラスを嵌め込んだ、大きな窓々のつくりなす絵画《タブロー》。空は格子窓のガラスに嵌め込まれて対の長方形となったかのようで、格子のいくつかは、空よりもさらに深い青色の単彩画の額縁となっている。その青は暗くなるにつれて黒ずみ、石の壁は灰色に変わり、暮れゆく夕べとともに眩さは消えてゆく。光を通さない神秘的なミラーガラスには、向かい側のファサードの断片が歪んで映っている。黄色い小さな壁面、窓ガラスの鏡の破片《きらめき》。南向きに幾何学的に配置された幾百の抽象絵画の展覧会は、たった一つだけ鎧戸が閉ざされた窓を取り囲んでいる。

私は反対側の歩道で、通りの糸を自分の周りに輪のように巻きつけながら、窓ガラスや夢想からの指令を待っている。もの言わぬ陽光のなか、明かりの消えたすべての窓の奥へと黄昏の最後の琥珀が灰となって流れ落ちてゆくが、そうした窓を前にして私は、はじめは淡いけれど徐々に金色になってゆく光の果肉を圧搾する鎧戸の隙間から、光を分割して平行な金の棒に変える傾いた羽板の隙間から、半透明で熱い光のマチエールが洩れ出るのを眺めている。

完全犯罪がフィクションの外でまったく起こらないのは、犯罪者たちがその原則を考案することに身を入れてこなかったからだ。何を驚くことがあろう。彼らが犠牲者や犯行の動機を選ぶのは、偶然の幸運を頼みとしてか、あるいは自らの凡庸な不幸に左右されてのことだ。利害と運《ツキ》が犯罪計画の主導権を奪い合っているというわけだ……。結果として、人々は犯罪者たちの思いつき《インスピレーション》が辿る穢らわしい経過に偶然出くわしたり、単純な推理によってその経過を遡ったりすることで、犯罪者たちを捕まえることもあれば取り逃がすこともある。偶然の成り行きから、創意工夫の乏しさゆえ、はたまたわれわれの情熱の軌道を規定する重力の強さのために、恋に落ちるように犯罪者になった人々は、感情を持たない一様な力学《からだ》の法則に従って推進《なげだ》された二つの盲目の物体《からだ》が結合し爆燃するより他には何も起こらない場所において、途轍もない引力、尋常ならざる意味、宿命の徴《しるし》を見出すであろうと思い込んでしまう。

　一台の車がライトを点けずに道を通り過ぎて行った。私はそこに佇み、窓の方へ、金色に光り輝く格子窓の方へと視線を上げながら、その後ろにやがてくっきりとした人影が見え、窓が開き、逆光を背に一つの体が現れて、鎧戸を押そうと窓台に身を乗り出すのを待ち構えている。

　運命づけられた衝動《ぜんまい》というこの習慣の輪は、人間の心を引き絞っては、休みなくほどけ、われわれの行為の歯車が噛み合う情熱の天柎《てんぷ》を駆動し、そのようにしてわれわれの情熱をかきたてるが、そうかといえばわれわれを駆り立てて殺人犯にしてしまう。午前零時きっかり《クー》に最初の一矢《クー》を放ち、落雷のような一目《クー》惚れをして、犯人と恋人は必ず心臓《ハート》を射抜き合うのだ、ジュラ地方で作られた大時計の悪趣味な奥底から必ず珍妙なカッコウ《ククー》が飛び出してくるのと同じように。

　アイロニカルな心の持ち主ならせいぜいカッコウ coucou をクック・クック kuk-kuk に取り替えるくらいはするだろうし、念入りに目隠しをして（目が見えてしまわないかきっと心配なのだ）拳銃を握りしめ、閉ざされた部屋の暗がりであてずっぽうに発砲し、いつ訪れるか定かではない真夜中に、もう一人の盲目の皮肉屋と一緒になって、十二の時報を力の限り鳴らし合うだろう。

永遠に心臓を抉られているわれわれは、おのれを取り巻く空間をおのれの方へと曲げるために、そして、われわれの無頼な生き様さえも規定している画一的な決定をたとえほんの僅かであっても歪めるために、どれほどの質量や極限密度であっても有するべきではないだろうか。一体どれほどちっぽけな砂粒が、われわれの心を締めつけるこの過酷な鋼鉄の螺旋がほどけるのを食い止め、われわれの自我を刻々ときざむこの不愉快な痙攣《チック》やこの滑稽な企《たくら》みに終止符を打つことができるのだろう。

無軌道な犯罪を考え出さなくてはならない。

建物の内部から光が滑り降りてファサードの下まで絨毯を広げると、金色の地の中央には、あの高みで窓枠によって裁断されたシルエットの影が映し出されるだろう。

腕を上げ、光を背にした黒い体、照準、目を、一つの直線上に並べる、それと同時に引き金を引き、撃鉄があと少しで倒れそうな所で留めておく――標的に狙いをつける最後の時間だ――、そして最後に人差し指を軽く曲げ、撃発させる。すると弾丸が放たれ、夕闇は絹のように引き裂かれる。

本物の殺人犯とは、犯行の間だけは、唾棄すべきちっぽけな一市民である自己とは別人になることができ、そのために自分の行為を衝動の軛から解き放つことのできる人間のことだ。怨恨や欲求不満に駆り立てられて犯行を行えば、気の急いた殺人犯は不器用な犯行の証拠をあまりにもはっきりと残してしまい、結局は犯行を不可避的に暴露することになってしまうが、本物の殺人犯ならばこうした怨恨の軌道や欲求不満の轍から逃れることができるだろう、なぜなら、彼は殺しのなかで衝動を表現することを断念しているのだから。私としては、一市民としての自己を選び出すために力を尽くし最終的にはその自己としっかり競い合うつもりの自己が、社会生活や習慣、悪徳のなかでわれわれが日々示している自己とはもはや同じものであるはずがないと主張したい。

その体は自らの影に引き寄せられ、くっきりと浮かぶ影に折り重なるようにして光のなかに頽《くずお》れた。体に押し返されて動いた鎧戸《ジャルジー》〔嫉妬の意もある〕は壁にぶつかり、軋みながら戻り、半ば閉じたまま動かなくなる。地面に映る鎧戸の影でできた二つの腕の間に、体が横たわっている。その頭を私が通りすがりに足で横に転がせば、弾丸を受け転倒し惨憺たる状態になった顔だけが見えるだろう。光の縞が斜めに走り、艶やかに光る血と輝きのない闇のせいで判別できなくなった顔、目を見開いたスワンの顔が。

オイディプス＆アモック

それでは、犯罪における完全性とはどういったものなのだろう？

ウィリアムズ講演（トマス・ド・クインシー「藝術の一分野として見た殺人」所収、初出は一八二七年）において、わが先人は一種の美学的完全性、畢竟するに古典的な（ロマン主義というサナダムシによって既に腸内《うちがわ》を侵されてはいたが）完全性をまだ信じることが可能だった。一枚の絵画についてであれ一箇の殺人についてであれ、主題の性質や情景の構図、光の描写、詩想《ポエジー》、感情表現……こうしたすべてが愛好家から評価を下されるようになっていたのである。しかしながら純粋芸術の時代は過ぎ去ったのであり、その時代にのみ花開いた偶発的な美を拠《よ》り所として、今日なおいかなる作品が実現可能なのだろう？　殺人奨励会のメンバーらによると、彫刻、絵画、聖譚曲《オラトリオ》、浮き彫り《カメオ》、沈み彫り《インタリオ》などと同様、殺人もまた純粋芸術の時代に享受されたものである。もし彼らが生きていたとしたら、小便器、黒の正方形、プリペアド・ピアノ、メスカリン・デッサン、小便に浸る十字架像といったものから想を得てどのようなことを成し得ただろう？

　なるほど、放火や殺人を批判的、美的に評価する傾向は普遍的である。しかしわが先人は、この美的評価の原因が自らの知性に委ねられた人間精神の自発的な欲求にあると仮定することで、一足《いっそく》飛びに普遍性から不変性を導き出してしまった。だが腹が減って美食家になるわけではない。モラリスト〔モンテーニュなど人間性に関心を寄せた文筆家〕たちはこのことを執拗《しつこ》いほど繰返してきた。つまり、自発性とは第二の自然にすぎないのだ。批判的判断と美的判断は決して一度限りで確定されるものではない。新たな作品、新たな犯行の一つひとつがこれを修正するのだ。破壊的な結論ではある。だが、これはわが先人が既に認識してはいた法則、殺人犯は美的基準を創造することによって評価を受けるはずであるという法則から、必然的に導出されたものなのである。

　だとすると、どういった形でギリシャ・ローマの古代人を模倣すれば、われらの新たな千年期《ミレニアム》になおふさわしいといえるだろうか？〔原書の出版年は一九九九年〕現代にふさわしい完全犯罪とはどのようなものだろう？　現代の芸術作品がもつ完全性に到達するために、殺人はどうあるべきなのだろう？『オレステイア』〔アイスキュロスの悲劇。夫殺しや母殺しが描かれる〕の真似事を試みた結果として一つの家族がまるごとギリシャ悲劇の舞台になってしまう、といった事態は今日でもなお見受けられる。だが、そうした殺人はもはやほとんど地方でしか行なわれていない。頭に血が上った殺人犯は自らの作劇法《ドラマツルギー》を時節の流行に合わせるのがせいぜいであり、それゆえ、外出着に身を包み廃墟となった工場跡地を背景として、宿命の眩い光を行き渡らせる仕儀となる。

　自動殺人やその優美な死骸〔シュルレアリスムの創作手法〕も、最も要求の多い現代性《モデルニテ》の証であると一時期は考えられていたが、やはり廃れてしまった。カラシニコフを携え街に出て、群衆めがけてせいぜい出まかせに発砲する、という方法にはどこかしら霊感《インスピレーション》の臭いがする。これはまったくもって模倣者《エピゴーネン》がとる方法《アート》であり、その上あの厭わしい「動機」に瓜二つである。

オイディプスあるいはアモック〔殺人に至る精神錯乱状態〕。いずれも古臭い心理学だ！　この方法では、理性《レゾン》や、その狂乱状態である錯乱《デレゾン》への束縛という軌道から脱することは絶対にできないだろう……。完全性を探求する現代の殺人犯がまず初めになすべき務めとは、この古い動機、心理学を解体することである。

大体において、警察のやることといったら？　科学的捜査、指紋、ＤＮＡ、電子ファイルの照合……。いや、どうだろう。どれも、せいぜい、下劣な犯罪に対して必ず素晴らしい効果をあげる、手の込んだ装飾のたぐいである。しかしそれは女中風情が挙げるお手柄にすぎず、警察の推理を苦心して証明することや、探偵の物語めいた仮説に真実味を添えることにしか役立たない。というのも、盲目なる「掟」の曇りのない額にある第三の眼、悪巧み《プロット》の頑丈な動機である「心理学」陛下が、依然として常に君臨しているからだ。どれほど非理性的な理性であっても理性がない限りは、それに、実にありふれた情念の幾何学――裏切りというあの地獄の三角形。羨望という身を焦がすあの漸近線。私利私欲という無限大においても一つにならないあの平行線。嫉妬という至るところに中心があり円周がどこにもないあの円――に依拠して計測可能な関係性がない限りは、警察は無力である。良心の呵責に苦しみ、自白の衝動に苛まれた人騒がせな芸術家というケースに偶然当たった場合はともかくとして。

圧倒的多数の場合（犯罪年報を参照のこと）、われわれは自分の知っている人間しか殺さない。なんと創意工夫に乏しいのだろう。多少なりとも捜査の網を掻い潜っているように思われる唯一の犯行とは、偶然や思いがけぬ遭遇の結果である。これらは何の証拠にもならない孤語《ハパックス》〔用例が一つしかない単語のこと〕だ。ところが、これが少しでも連続すると、犠牲者の選択を司る強迫観念（性別、年齢、地域性、社会的属性）、あるいは殺人犯の専門に関わる習癖（もう一度年報を参照のこと。肉屋は、大工や数学者や外科医が分解・解剖するのと同じやり方で犠牲者を切断することはしない。本職とは、余暇の趣味においてさえ透けて見えるものなのだ……）が明々白々となり、殺人者の正体が暴露され逮捕に至るのである。体質や能力、反射神経、強迫観念、性格からなるこの根こそぎできない根において、常に変わらず自分自身である、ということはある種の呪いである。もちろん、彼は自分を失っていたとしてまんまと精神障害の申立てをするかもしれないが、殺人者というやつは、心神喪失時の行為においてさえこの呪いから逃れられなかったということを疑いの余地がないほど示してしまうものではないだろうか。自己同一性《アイデンティティ》は否応なく語尾変化するのだ、錯乱している間でさえも……。

殺害されるＹと殺害するＸの間には繋がりが、それも動機づけられた繋がりが存在するはずであるとは、なんというクラテュロス主義だろう！　そのうえ、クラテュロス主義とその反対、つまり恣意的な殺害者と狂乱した実行犯は、同じ穴の狢《むじな》なのだ。いずれも同じ無謀さでもって犯行を犯し、おのれの身の安全を守ろうとするのだから大差はない。カリュブディスとスキュラ〔ギリシャ神話に登場する海の怪物〕の間で、決定論と恣意性の間で揺れ動く現代の殺害者とはこういったものである。彼らが失敗したからとて、誰が驚くだろう？

私がするよりも前に、記号の無動機性というものを擁護する人々があり、これは、言語は世界について語らないというような極端な対立ではなく、より皮肉を込めて、言語は世界に似ていないということを意味するものであったのだが、私としてはこれに倣って殺人の無動機性を擁護したいものである。詩学それ自体に欠陥があるのに、小道具や演出に趣向を凝らし消耗したとて何になろう？　それに、殺人犯というやつは、アリバイをがっちりと固め細心の注意を払うことによって、無罪を証明するよりはむしろ証拠を残してしまうということが自明の理ではないだろうか？　行動《アクト》！　行動《アクト》！　大成功《パフォーマンス》！　小説のなかの殺人犯はこのことしか頭にない。つまり、覆面をつける、カーテンを引く、侵入と脱出の段取りをする、犯行を誤魔化《ごまか》す、照明を調節する、といったことしか……。文盲のカリグラフィー作家、猿のタイピスト、杜撰《ずさん》な舞台美術家だ……。

それに、殺人犯たちはおのが行為に基づいて裁かれたりするだろうか？　いや、そんなことはない。だが、おそらく彼らの理性や計画、精神状態に基づいて裁かれるはずだ。これらすべてが検討され、案配され、勘案され、鑑定される……。減刑／衰弱《アテニュアシオン》、情状酌量／疲労困憊《エクステニュアシオン》。加重／悪化《アグラヴァシオン》。殺人犯どもを刧罰に処したり無罪放免にしたりするものとは、同時に彼らの行為の動機でもあり、彼らにたやすく嫌疑を掛けさせるものでもあるのだ。

われわれの情念から迸るありふれた衝動は忌まわしい装置であり、われわれにできの悪い犯罪シナリオをこねくりまわさせたり実行させせたりする。場面《シーン》や犠牲者をよく調べると、シナリオのうわべの形式から、その奥にある動機がわかってしまう。逆説的ではあるが、人々がとりわけ謎めいた行為とみなしたがるものは見え透いているのだ。

それゆえわれわれは自らの理性を理性でもって抑制し、制約のもつ厳密な非人称性を殺人のために確保する必要がある。殺人とは規則によって制御される一つのプロセスである。つまり芸術とは計画的かつ入念に新たな規則を発明することであって、月並みで規則的な情念に従ったり、「霊感《インスピレーション》」という凡庸な名を持つ模倣、緻密さの度合いでいえば標識以下に過ぎないような模倣に従ったりすることではないのだ。その点に犯罪の完全性が見出されるだろう。このように概念形成された殺人はその時、概念の根底にある形式を隠すことができるだろう。この新たな詩学の務めとは、犯罪者の精神を支配する動機を打ち砕くことである。

だが、動機という概念を省略して殺しの方法を打ち立てるのはなんと難しいことか！　法というものは、それが成立して以来、あるいはむしろ法について考察を始めた時から、多かれ少なかれ一定の主題への信頼を体現するものである。ある偉大な心理学者は、既に三世紀も前に、犯罪とは人間心理を映す最も優れた鏡であり、殺人の動機を正確に分析することが他の何よりもずっと心の働きをよく教えてくれるものだと主張していなかっただろうか？　こんなことを口にした人間について、ウィリアムズ講演の学識ある雄弁な語り手はいささかの皮肉を込めて次のように力説していた、たとえ彼が殺されなかったとしても、ある面では殺されることを恐れ、ある面では殺されないことに強い屈辱を感じて彼は死んだのだ（殺されるということはあらゆる偉大な心理学者の辿る輝かしい運命であるはずなので）、と。なぜなら、心理学者を自称しながら、その命が誰にも狙われなかった者などきっと無価値ではないか。この件に関しては当局者の言《げん》をご覧あれ。「もし私が狂っていて、数日前から収容されているとしたら、私は自らに自分の錯乱を預けてくれる小康状態を利用して、彼らのうちの一人、特に医者を冷酷に殺すだろう。彼は偶然私の手に落ちるだろう」だが、どうしてまた狂うまで待つのか？　それに、狂ったら狂ったで今度は「小康状態」とやらを待つとでも？　こんな出鱈目《でたらめ》には驚くばかりだ。そういうわけで、修道院ではストイックな立願者があまりにも後まで誓願の期日を先送りにし、ぎりぎりになってやっと、自分でも持ち合わせていない踏ん切りを他の人が自分に対して発揮してくれるよう懇願するという光景が見られる。また、フロイト博士が八十三年間ご自身の喉を至るところで見せ歩いていたにもかかわらず、誰一人（彼の患者たちでさえも）博士の喉を掻き切って差し上げなかったということこそ、彼の精神分析に対してのさらなる反駁不可能な反論である（もし彼がこれ以上の反論を必要とするならばの話だが）。

ありふれた殺人の形式それ自体が、犯人《さくしゃ》の特徴であり手配書である。主題やさまざまな状況。それらが形作る場面《タブロー》は、構　図《コンポジション》の至る所で目につく動機によって作者に署名し作者を指し示す。したがって私としては自分の犯罪作品を完成させるために、動機《モチーフ》をむき出しにしながら動機《モチーフ》を糧として作品に取りかかるといったようなことをするつもりはない。むしろ私は、所与の作品を分解（ペダンティックな人々にはZerfällung〔ドイツ語で瓦解の意〕といってもよいが——もしも軽妙なフィクションや残酷な小咄の読者のなかにまだそうした人種が存在するならば）することによって殺人の構成要素を手に入れるだろう。

読者は方法論に関する私の省察に戸惑っているだろうか？　無意味な脱線、くだくだしい論考だと思って、苛ついているだろうか？　待ちたまえ、今まさに殺しの時がやってきた。

　ここで「スワン」が厳かに入場して来る、犯罪の扉、隠された扉を通って。扉の向こうには、大理石でできているが酷く汚れた階段がある。「スワン」はこれまでの大勢の犠牲者と同じように階段を上る。墓——遺灰、中性。私は予言を朗誦し、身振りをする。あなた方の否定した偶然から無限が生じる。「スワン」はこの瞬間に自分の運命が完了することを知らない。だが私は完全に論理的に確信しているのだ、血の洗礼〔殉教による洗礼のこと〕の力によって、殺された彼がスワンになるということを。

　一冊の書物とは壮大な霊廟であり、文章の大部分を装飾している名前の下には、どんな体も眠ってはいない。消え去った遺灰はどこに行ってしまったのだろう？　親愛なるスワンよ、もし私が復活の時の神のように、あるいは、注解の種が尽きてしまった卓越した批評家のように、東西南北から、文章の奥底から、作者があなたから引き離したバラバラの肉体を再び集めることができぬからといって、わが兄弟、偽善的な読者ユリシーズが尋ねに行けども応答するための声を持たぬアケロン河の畔にいる亡霊どものごとく、ページからページへと彷徨うのはよして頂けないだろうか。自分の住む世界であなたに体を貸していると信じている人々、売春宿にも美術館にも通い詰める友人の誰それについて「でも、彼は本物のスワンだよ」（ちょうど、彼らのような哀れでおめでたい坊やに内臓を見せてくれる医師のことを「私たちのデュ・ブールボン」といったり、あるいはまた若い愛人に遺産を注ぎ込んでしまう年取った同性愛者の伯父を「小シャルリュス」、と呼んだりするように）と言って楽しむ人々は、あなたを繰り返し散乱させ、彷徨わせるだけなのです。

本当に「完全犯罪はフィクションの枠外ではまったく存在しない」のだろうか？私はこの原則から、完全犯罪が虚構である（つまり、存在しない）と結論づけるつもりはなく、これを文字通り、完全犯罪が作為的なものであることの告白として理解する。ある犯罪を一箇の作品と為すためには、犯罪が創造的翻訳《トランスクリエーション》となるために、創造的翻訳《トランスクリエーション》の規定をあるフィクションに任せることが必要かつ十分なのだ。

小説とは何なのだろう？　それは、文章と呼ばれる一続きの中仕切りであり、しかじかの蝶や名前が所々に容れられている。また、それは秩序ある宇宙であり、いくつかの場所には数えられるだけの名前が固定されていて、懐疑的な読者となったわれわれは大抵の場合、名前に対してあらゆる実在、あらゆる指示対象を与えることを拒んでいるけれど、その一方で密かに迷信を信じてもいるので、名前にほんのわずかな実体を付与しているのである。

世界とは何なのだろう？　それは、数えきれないほどの肉体の無秩序な集合であり、多くの場合、私たちは彼らの名前を知らない。なぜなら、世界《モンド》とはもはや大文字の世界《モンド》、つまり《大社交界《グラン・モンド》》ではないのだし、それだって実はかなり小規模なものだったのだ。

フィクションのなかを彷徨う名前に身体を与え、連続殺人による血の洗礼を称えるために、何を手間取っているのか？

殺人は必要である。文学にはあらかじめ殺人が含まれているのだ、実体の亡霊を増殖させる文学には。殺人は作者の文章に接近し、文章の構造を使用し、名前を変容させ、身体を貫き通すのである。

読者よ、お前にはまだ私の言うことがわからないのか？　本当にすべてを説明しなくてはいけないというのか？

名前と身体の間、小説の登場人物と実在の人物の間に殺人が結ぶであろう血塗《まみ》れの絆によって、一石二鳥を、一度に二つの恩恵を狙う必要があるのだ。すなわち、形式的かつ非人称的な原則に従って世界から人間を抹消すること。その一方で、登場人物を消すことによって長過ぎる小説を分解すること。

完全犯罪の形式を探求するにあたり、文法がわれわれの唯一の指針となる。犠牲者を選ぶ際、私は極力、基本的な文法規則を遵守するつもりだ。世界にはびこる生きた人間と、『失われた時を求めて』の登場人物の間で起こる「性数の一致」。この規則が、私の法となり、私が犯す殺人の原則、要の石となるだろう。だから私は、自らの犯罪定理をしっかりと形成するために聖文法《セイントグラマー》に身を委ねる。なぜなら私という人間は自分自身を疑っており、おのれの情念を疑うこと、すなわちおのれの理性の完全性を疑うことを学んできたからだ。


でも、どうしてまたこの小説なのかって？　なぜなら、軽薄な読者よ、あなたがよく溜め息まじりに口にしたように、人生はあまりに短くプルーストはあまりに長いからです。このことについてはまた後で触れましょう。

さしあたり、この小説を手に取り、読んでみなさい。三十七文目に「サン＝ルー夫人」という名前が出てきます。さて、ある日の午後、どこかの大都市で、戦略的に選んだ場所に張り込みなさい(例えば駅のコンコース、地下鉄の回転扉の軸、二つの通りの角にあるカフェのテラスなど……)。人間の肉体を数えてください。あなたが選んだ照準の前を三十七番目に通った者ならばよし。数が一致しました。今度は観察してみなさい。男か女か? 男だったら? 静かに新聞を読んでいたあなたは新聞を閉じ、もう一杯エスプレッソを注文すると、煙草《モク》に火を点けてこの日は殺しを諦める。女だったら? 当たり! 性別が一致した。死伝《タナトグラフィック》的な契約があなたを構文規則《シンタックス》に結びつける。それがあなたの意志を支配するのです。フィクションと世界の境界に生じた二重の存在、「サン=ルー夫人」を、あなたはいまや始末する義務がある。持ち時間は夜明けまで。それを過ぎると魔法は解け、四輪馬車は南瓜に、亡者は棺に戻り、「サン=ルー夫人」は匿名になり肉体を失う。彼女を見失わないほうがいい。あなたは立ち上がり、跡をつけ、好機を窺い、必要とあらば襲いかかる。刃物やピストルで……そうしたことすべてはプルーストの作品の補足的な制約に従って事前に決められています。

「サン=ルー夫人」には小説のなかでサン=ルー夫人に授けられた特徴がまったく見当たらない、ですって? なに、構うものですか! 同一性は、類似ではなく、計算に由来する洗礼の力によって齎《もたら》されるのです。通りすがりの女の顔とは何もない空間であり、その上にはせいぜいわれわれの欲望の反映が揺蕩《たゆた》っているにすぎない、ということを私たちはよく知っているではないですか?

獲物を仕留めた暁には、あなたは帰宅します。心やすらかに。

この最後の形容動詞が本当に適切かどうか、説明する必要があるでしょうか? 読者は反発し、私の言うことを鵜呑みにしまいとするでしょうか。よろしい。あれからおそらくもう十年になるのですが、地下鉄の車両のなかである男がすべての乗客の前で見知らぬ男に公然と喉を掻き切られました。犯人は次の駅で逃げた。被害者はよろめいて車両からホームに落ち、大量に出血し、こと切れました。乗客は一人も動かなかった。警察の証人喚問の呼び出しにも誰一人応じなかった。同じ時代に、別の大陸の別の街で、一人の男が町外れの公衆電話からちょうど電話を掛けようとした時に、自宅のすぐ下で射殺されました。彼はこの閑静で富裕な地区に引っ越してきたばかりだった。電話線がまだ敷かれていなかったのです。通りに発砲音が鳴り響いた。夏の夜八時半だった。すべての窓が開いていた。すべてのテレビが点いていた。後日、住民たちはかなり波乱にとんだ警察ものの連続ドラマ（全住人が加入している六百六十六チャンネルのうちの一つでその夜放送されていたもの）のなかで起きたことだと思った、と述べたのです。

というわけで、あなたは帰宅します。心やすらかに。

あなたはパソコンの電源を入れる。ハードディスクには『失われた時を求めて』のフルテキストを格納した電子ファイルがあり、特別にエンコードされ細かくタグ付けされている。マウスを三回クリックし、手品のようなちょっとしたキーボード操作で、「サン゠ルー夫人」という名前の登場人物を参照している――彼女の名前であれ、彼女が名乗っている偽善的な代名詞であれ何であれ――すべての文章を削除する。

幸せ《ボヌール》に、あなたは寝床に入るでしょう。

犠牲者との遭遇は偶然であると同時に必然でもあるため、小説を分解し世界から人間を抹消する際には、犯罪手法としての主観性はこれを否定しなくてはならない。私の不意を打って現行犯逮捕するか、勇気ある目撃者が私の逃走を阻止しない限り、誰が私を捕まえられるだろう？　私はわが身の安全を文法規則と人類の臆病さに託しているのだ。処罰を食らわないためにこれ以上強力な保証が想像できるだろうか？　私に職務質問するためには小説の主人公のような目撃者が必要だし、私を告訴するためには心理学ではなく言語学を極めた警察《サツ》が必要だろう……。

　世界に内在する論理に従って世界から人間を抹消するには、私が殺人者として中立であること、言語《ラング》の本質的な代数を用いて小説を分解〔本書の原題は『分解』〕することが不可欠だ。犯罪行為に関していえば、それは、フィクションの言語活動《ランガージュ》の歩みにつれて規則通りに身体が煙滅するというものになる。アイデンティティから不純物を取り除くことができ、アイデンティティにおいて無動機性が認識可能となるのは、こうした言葉の外在性においてのみである。

　私の犯行から私の存在を見破る者がいるだろうか？　私があちこちに残した死体を目にして、犯人を名指すことのできる者がいるだろうか？　完全であるためには、犯罪は名前なしで済ませる必要がある。事によると私は、芸術が間に合わせに用いることのある非人称という純粋なアイデンティティを享受することさえ夢見てしまう。つまり、無名というアイデンティティを。美術史家が作者不詳として一括りにするある種の古代絵画と同じように、私の殺しの積分は最終的に解析によって見えるようになるかもしれないし、聡明な愛好家の炯眼によってそこに厳密な数字だとか、変わり種の死《タナトポイエーシス》の産出的な方程式が発見されるかもしれない。こうした数字や方程式の方が、特徴や動機の類似よりも、架空の作品に加えられた神秘的な署名といえるのだ。人々が聖マドレーヌ寺院の祭壇画の作者について語ったり、不幸な裏切りを受ける前のユナボマー〔アメリカの連続爆弾魔。弟に通報された〕を話題にしたりしたように、私も同様の呼び名で知られたいものである。「『失われた時』の分解の作者」という名で。

嗚呼《ああ》そんなことはまずありそうもない。一歩譲って、自分の絵画に何らかの手がかりを蒔いておくという挙に出るほど落ちぶれない限りは……。例えば面白がって犯行現場に小さなマドレーヌをばらまいておくだとか……。ここでもやはり、現代のパリサイ人的形式主義（というのも、もはやペリシテ人〔文学・芸術を解さない人の意〕のような俗物がいないということは、あまりにも確かだから。前衛芸術が相次いで振り下ろしたロバのあご骨が奴らを打ち負かしたのだ）はきっと願いを聞き入れてくれない護符なのだ。もし私がマドレーヌといえば、人々はせいぜい私のことをきっとコメルシー〔マドレーヌ菓子発祥の地として有名なフランス東部の都市〕出身の見習いパティシエのことだと思うだろうし、最悪の場合マドレーヌとは私の母の名で、私が親指小僧コンプレックスの全徴候を表していると想像するだろう。まあ、それが殺人鬼という私の天職について説明しないこともないだろうが……。それに、執拗に現われる私のマドレーヌの中に少なくとも復活の寓意と証しを認めることができるであろう明敏犀利な博士に対して、私が溜め息をついても無駄であろう。だが、オイディプスは長きにわたりラザロを打ち負かしてきたのだし、去勢不安は私たちのより大きな慰めのために、死すべき定めという強迫観念の代用となってきたのだ。それ以来、われわれは快方に向かっている。というのも、もしいつの日か私たちが墓に入るという見通しが恐怖であるならば、墓に入る時に去勢されているかどうかは取るに足りないことだから。
私たちは安泰です。

天職

長いあいだ、私は決闘や大量虐殺、殺戮についての物語を読みながら幸せに憔悴してきた。ときには、血腥《なまぐさ》いどんでん返しを期待しながら随分遅くまで起きていたので、暁の光が窓のカーテンを突き抜けて前にすすみ、その襞を膨らませ、やがて襞のくぼみを駆け降りてくるころ、「また死人が出た……」と心に呟いた。もっと起きていたかったけれど目が塞がってしまった。ふと眠ったあいだにも、さっき読んだことが頭のなかを巡りつづけていたが、その巡り方は少し特殊な方向に曲がってしまった。私自身が、本のなかに出てきたこと――地下納骨堂《クリプト》や三角関係、恋人と恋敵の命懸けの決闘――になってしまったように思われるのであった。

私の想像力は、寝台《ベッド》の中で貪り読んだ犯罪についての寓話や小説、残酷なお伽話によって燃え上がって、まるで万華鏡のようになり、そのなかを赤い服を着て青白い顔をした流謫の騎士たちが憂鬱そうに果てしなく回転していたが、彼らは超自然的な精霊なので、いかなる障害物も彼らの恐ろしい企みや不気味な追跡を止めることはできなかった。

夢のなかでは、橙色のドレスに青い帯、紫色のスカーフを身につけた一人の邪悪な妖精が、突然の気紛れから私に夢中になり、私の手をとって、彼女が殺した恋人たちの血塗《まみ》れの死体を巨大なフックに引っかけて保存してある薄暗い氷の回廊を連れ歩きながら、私がもくろんでいる悪事の主題について話してみるよう促してくるのだが、そのとき私はこう意識したのだった、もしも私が、眩くも不可思議な幻灯が映し出す犯罪の世界にいつの日か入ることを望んでいるのならば、自分が企んでいる犯罪について知る時期がいま来ているのだ、と。だが、妖精に尋ねられると、果てしない憎悪を注ぐことのできる犠牲者を考えだそうとして私の精神は活動を停止し、どんなに集中しても目の前には空虚しか見えず、自分には悪をなす才能がないか、それともたぶん道徳的な制止によって才能のあらわれが妨げられているのだという気がするのであった。妖精は、そして夢はふつりと消えた。そして夜、寝室の暗がりで、寝台《ベッド》の温《ぬく》みに包まれて急に目が覚めると、私も他の人たちと同じように生き、齢を重ね、彼らと同じように死ぬのだろう、私も彼らのように殺す素質をもたない人間のうちの一人に過ぎないのだ、という気がするのだった。

ときには眠っているあいだ、あたかもカインにイヴからアベルが生まれたように、位置のずれた枕から一人の弟が生まれてきた。その弟は私に圧迫されてできたものであるのに、彼の方が私の頸を締めていると私は想像するのだった。私の肉体は彼の肉体のなかに私自身の暴力を感じ、彼の体にしがみつこうとし、そこで私は目が覚めるのだ。たったいま危うく窒息死させるところだったこの弟に比べると、他の人間ははるかにどうでもいいような気がした。私の喉はまだ彼に掴まれ締めつけられていて、私の両手はまだ彼の頸の抵抗力を感じながら握りしめられていた。これまでにも何度かあったように、もしも彼に私が実際に会ったことのある少年の面影があったなら、私は次のような目的に全力をあげただろう。それは、その少年を見つけ出し、絞め殺す、という目的である。しかし、次第にその弟の回想は崩れ落ちてゆき、私は夢のなかの犠牲者を忘れてしまうのだった。そして、たまたま校庭で私の前に姿を現わした時、彼は他の人間たちと同じように平凡に見えたし、夢のなかの暗い部屋で彼を憎悪する力を私に与えたあの息詰るような近さに、彼は失望しているように見えたのだった。

殺人の魅惑！　私の内部には、多少とも人を殺《あや》める術をよく知っている人間が常にいたけれど、それは間歇的な人間で、自分の残酷さにぴしりと鞭を打つように活気づけてくれる何か特別な幻想が見えた時でなくては、その人間は生命を取り戻さないのである。そうなってはじめて、彼は憎しみを抱くのであった、しかしそれは単にある告げ口が原因なので、その機に乗じて制裁を加えるようなことはしなかった。

そんなわけで、私は勇気もくじけ、同級生たちに日々侮辱を浴びせられているにもかかわらず、永久に暴力を諦めようとするのであった。自分の憎しみが虚無であり、自分の復讐心が無益であるという私が抱いたこの内心の直接的な感情は、ありとあらゆる屈辱的な侮辱を浴びせられても、それを打ち消すほどに強いものだった。

そんな時、自分が暴力の素質をもたないこと、いつか有名な殺人犯になるという望みを捨てなくてはならないことが、どんなに辛く、また悲しく思われたことだろう。そのために私が噛みしめる悔しさは、夕方、学校が終わって帰る道すがら私を酷く苦しめたので、その悔しさをもう感じなくて済むようにと、臆病であるがゆえに引き起こされた苦痛を前に、一種の心理的抑制が自然と働いて、私の精神は、強姦や殺人といった魅惑的で残酷な将来を考えること、自分の人間らしい心のせいでもう期待はできなくなった将来について考えることを、一切やめてしまった。すると突然、車の運転手たちの激しい口論や、歩道での酔っぱらいの喧嘩、開け放たれた大きな窓から響いてくる夫婦喧嘩を見聞きして、私は立ちどまった。というのもそうした諍いが私にある特別な欲望を与えたからであり、またそれらが、私が見聞きしたものの彼方に何かを隠しているように思われたからである。その何かを分かち合いに来るよう誘われて、努力はしてみたが、ついにその何かに触れることはできなかった。その何かとは、悪の秘密である。諍いのなかに秘密の存在を感じた私は、歩道に立ちどまり、じっと動かず、目を見張り、耳を傾け、自らの精神を悪口や殴り合いの方へと導こうと努力した。そして、道を先に進まなくてはならなくても、転びそうになるのをものともせず、私は目を閉ざしてそうした諍いをふたたび見出そう努め、たて続けの罵声、繰り出される拳、連打される平手打ちを正確に思い出そうと懸命になった。だが、そこから霊感《インスピレーション》を引き出すことはできなかったし、そうした喧嘩はあまりにも直接的で自然なものであり、行為として翻訳したにすぎない何かを私に伝えようとしているかに思われた。なるほど、そんな種類の瞑想は、私が失ってしまった希望、将来殺人犯になれるかもしれないという希望を私に取り戻してくれるものではなかった、なぜならそれらの瞑想は何らかの話し声や個々の仕草に常に結びついており、厳密な犯罪としての価値を欠いていたからである。しかし、少なくともそれらの瞑想は、理由がわからないある欲望を、また一種の凶暴性のイメージを私に与え、まさにそのことによって、凄惨で偉大な犯罪のための冒瀆的または冷酷な霊感《インスピレーション》を探究する度に痛感した惨めな気持ちを私からぬぐい去ってくれるのだった。しかし、そうした荒々しくおぞましい光景について深く考えると翻訳のための努力が必要になり、その努力があまりにも辛かったために、そんな努力から私を免れさせ、そんな苦労から私を救ってくれる口実を、急いで私は自分自身に求めるのであった。

それからは、殴打や侮辱という形で表現された神秘的な何かは、もう私の気がかりではなくなった。すっかり安心していたのだ、なぜなら私はその神秘的なものを自分の心のなかに持ち帰っていたからであり、あたかも人々が魚を氷の白布に包んで海から市場の売り台へ運ぶように、私はそれをいくつもの光景に包んで守っていたからであって、その光景のただ中で、心に持ち帰ったものを無疵のまま再び見出すことができると確信していたのだ。ひとたび家に帰ると、私は他のことを考えていた、そして、そんなふうにして、私の精神のなかには肉屋の飾窓《かざりまど》に映った血塗れの浮浪者の姿とか、恥知らずな言動とか、タイル張りの床に散らばった皿の破片とか、バタンと閉まる扉とか、その他多くのちがった光景の断片が積み重なっていたが、そうした光景が溶けるように消えてしまった後は、自分の裡に予感していた暴力の気配も、それをわが物にしようという意志が足りなかったために、その後長らく朽ち果てていた。

それでも一度だけ——ママンの言いつけで河岸通りの端にある食品店へ夕飯の卵を求めに行った

とき――あの頃と同じような種類の衝動に襲われ、それを放棄せずに、その衝動にすこし身を任せることができた。家から続く道をたどり、河岸通りに面した曲がり角のところまで来ると、向かいの歩道にある橋の欄干の下で二人の小童《しょうどう》が喧嘩しているのに気がついた。すると突如として私は、他のどんな欲望にも似ていないあの残酷な欲望を覚えたのだった。互いに行き交う彼らの拳、酒気を帯び殴打を食らった二つの体のふらつき、顔に流れる血を目に確かめ、心に刻みながら、私はまだ私の欲望を極限まで突き詰めていないと感じ、この殴り合い、この流血沙汰の背後に存在する何か、それらの暴力に含まれながら同時に隠されてもいる何かが私に合図を送り、私もまた暴力に加わるよう誘っているかのように感じるのだった。

私はいつものように、この醜い小競り合いの縺れあった量塊《マッス》を、頭の中に大切にしまっておきたかった、そしていまはそれを考えずにいたかった。もし考えていたとしたら、二人の小童《しょうどう》の喧嘩は、これまで私が他のものから区別してきた多くの平手打ちや侮辱、乱暴、拳骨のところに行って永久に合体したことであろう。私がそうした暴力行為を区別したのは、それらが自分の裡に定かならぬ欲望を喚起したからだが、私はその欲望をまだ一度も追求してはいないのである。だが幸運なことに、私が食品店から戻ってきた時、浮浪少年たちはまだそこにいた。片方がもう片方の上着の袖を荒っぽく引っぱった。服の半分はすでに襤褸だったが、ビリビリっというもの悲しい音をたてて破けた。服の半分は攻撃した側の手のなかにあったが、もう半分は犠牲者の背中に残っていた。だが、老け顔でやせっぽちの三人目のコソ泥が運河の反対側の岸からすでに駆けつけていた。彼は橋の上で跛《ちんば》を引き足をちょこまか動かしながらやってきて二人に加わると、服を剥ぎ取られた仲間の正面に立ち、残りの服を手に入れるため思い切ったやり口で争った。

するとと今にも爆発しそうなエネルギーが私の両腕の中にむずむずと動きだし、しばらく前までは存在しなかった衝動が涌き上がって私を捉えた。この衝動によって、さきほど往路で遭遇した光景を見たときに生まれた残忍さへの欲望がぐっとこみ上げてきたので、ある種の陶酔に捉えられた私は、食品店の人が籠の奥にそうっと入れてくれた二つの箱を摘出すると、ありったけの力を腕に込めて、十二個の卵を一つひとつ河岸の向こう側へ投擲し始めた。卵は吃驚仰天している三人の小《しょう》童《どう》にぶち当たったが、彼らは地べたに転がって掴み合っていたので、ある時は誰かが、ある時は別の誰かが、血まみれの襤褸を揺らして乱闘のなかから身を起こした。それから、見ていると三人はどうにかこうにかもう一度立ち上がり、背を丸めて歪んだシルエットを何度か不器用によろめかせてから、互いに身を寄せ合い、前になり後ろになりして忍び足で進み、運河の水を受けてきらめく緑がかった欄干にぴったりくっつくと、もはや血まみれの襤褸を着た一本の案山子でしかなくなり、やがて夜のなかへずらかっていった。

まさにこのとき、排水溝のなかへ空になった卵の箱を放り投げながら私はとても嬉しかったし、それに、自分の快挙によって小童《しょうどう》たちを実にみごとに一掃し、彼らの背後に隠されていた残酷さに到達することができたので、熱狂のあまり、柳の籠を振りまわしながら叫んだ、「ちぇっ、ちぇっ、ちぇっ、ちぇっ！」

しかし同時に、自分の義務はこんな不透明な語、結局のところ実に無邪気な言葉にとどまることではなく、自分の魂を奪ったこの恍惚をはっきりと見るように努めることではなかろうか、と感じた。ついに犯罪の味を知ったのだから……。

卵も小銭も持たずに家に帰ったので、母にはこんな嘘を吐くはめになった。店は閉まってたよ……。——でもお金はどこ？　——おっかしいなあ、道で落としたのかな……　——いったいどこをほっつき歩いてたの？

罪を犯したことで私は嘘を吐くはめになった、最悪の結果をもたらすあからさまな嘘を。きっとあの嘘のせいで、夕飯を食べ終わるとすぐ寝に行かされたのだ、いつも母がしてくれる夕べの接吻もしてもらえずに……。

たいしたことじゃないさ！

彷徨《ディヴァガシオン》

私は犯罪の才能を露ほども示さなかった。それどころか、自分には人殺しの素質がないことをかなり早いうちから感じ取っていた。子どもの頃、同級生たちの毒舌の標的になったり、教師に体罰を加えられたりして辛い思いをした際に、どのようにして復讐は無理だと悟らされたか、どのようにして心慰む暴力行為を夢みることを断念させられたかは、すでに述べた通りだ。つまるところ、自分のなかにある殺人の観念のねじくれた思考過程が感じられるようになるためには、まわり道が必要なのだ。

それから何年かが過ぎて（正確な年数はどうでもよい）、無聊をかこち、歴史の呪縛によってわが身を置くことになった大海の岸辺に対して愛着を失った私は、突如として激しい混乱に襲われ、船に乗りたい、航海に出たいという欲求の虜となった。そうした欲求によって憂愁を払いのけたかったのであり、街頭に繰り出して、一定の方法に従って道行く人に喧嘩を吹っかけようという気になれない自分自身を何とかしたかったのだ。

一月《いちがつ》は残酷極まる月だ。この月が魂に染み込んだ私は、すべての葬儀屋の店先に立ち止まり、棺や花輪、悲しげな大理石の碑、また、そうしたものに備わる伝説的教訓の前に佇んだのである。

私が住んでいた島では、右へ行っても左へ行っても、すべての道が行き着く先は水の畔《ほと》りで、あらゆる岸に向かって、すべての大通りから、裏通りから小径から、北へ、南へ、東へ、西へ、磁力で引きつけ合うように、幾千の人間が群れをなし、身投げするかのように、一人残らず海へ向かってまっすぐ突き進む。人々の情熱が鎮まる場所はただ陸の最果てのみ。人々はそこでようやく立ち止まる。杭に背をもたせ、苦い思いで、もはやどのような大型船も接岸しに来ることはない波止場で、人々は朽ちた穴だらけの桟橋の突端で持ち場につくのだが、その足下から泡立つ波がつぎつぎと飛沫を跳ね上げ、桟橋の土台にぶつかって橋を揺らし、歩哨のごとき人々は、大洋の夢想に耽溺しながら、いつか押し寄せて自分たちを撃破するであろう波の番をしている。やがて、黄色がかった太陽が水平線へ沈んでゆくにつれて、暗がる海に夜が流れ込む。

私も射竦《いすく》められた人々と同じように、抗いがたく海辺に惹きつけられた。また、私の憂鬱と同じ種類の憂鬱に対し、昔の書物がことごとくただ一つの処方箋しか出していないことを知っていたのでなおさらである。その処方箋とはすなわち、航海に出ること。その観念はふたたび私たちの心の内部に、波となって砕け散る情緒をつくりなし、難破の情景を描き出そうとする。だが、海の観念、水兵の観念はもはや殺人の観念しか呼び起こさない。この場合、殺人は次のような正確なイメージや感覚となって現われる。首を切られた通行人たち、彼らの脳天、数学的に左右対称な頭蓋を砕いた後で、その頭蓋を圧し潰し、壁際に転がっている白粉瓶《おしろいびん》から取り出すように、白い龍涎香のようなゼリー状物質、細い糸で編まれた繭をかきだす悦び。その繭のなかでは、芳香のように触知できない幻や、リヴァイアサンのような怪物の幻影、自己という実体のない虫が育《はぐく》まれているのである。

そんなふうに通りを彷徨っていたある日のこと、いつも自然と足が向く、海嘯でざわめく深い淵の畔《ほと》りへ向かう途中で、私は偶然、歩道にある魚屋の売台の下に、座礁した一匹の鱒《ます》がいるのを見かけた。鱒はまだ生きていて、ピクピク痙攣しながら、出し抜けに全身を震わせて排水溝へ向かっていた。私より他には誰一人、鱒が逃げるのに気づいた者はいないようだった。魚屋たちが敷いておいた透明な氷の破片が溶けて、辺り一面は濡れて滑りやすくなっていた。鱒は不揃いな敷石の上で、光沢のない腹の虹色の部分、鰓《えら》を大きく開き、鰭《ひれ》を虚しく痙攣させて、死にかけていた。そのあわれな体はほぼ窒息していたが、体の古層にある本能に突き動かされて、一番傾斜の大きな方、つまり水の流れの方へ向かって、なおもしぶとく全身を差し向けていた。鱒が苦しみながら耽溺した深いコバルト・ブルーの思い出とはどんなものだったのだろう？　半狂乱になって執拗に排水溝へたどりつこうとする間、魚に繰り返し現われたひんやりした涼しさのイメージ、まぶしい光のイメージとはどんなものだったのか？　どのような洗礼の夢を見て、鱒はわが身に付着した敷石の汚れを濯《すす》いだのだろう、そして、水生生物の呼吸を妨げる空気が鰓から水分を奪っている間にも、依然として鰓の襞に揺蕩《たゆた》っていた渇きを癒すほろ苦い夢とはどんなものだったのか？　だが、敷石の上で跳ねる一つひとつの動きはどれも無駄に終わった。排水溝では堪えがたくも不可思議な記憶が鱒を呼んでいたが、そこは悪臭を放つ澱んだ水溜りであり、暗渠へと続く闇の口まで流れ込むことはなく、その下水口は糞泥で埋まったいくつもの水路に通じているのだが、この地下のヴェネツィアは、地底において、西洋のすべての都市と平行して存在しているのである。鱒が暗い地獄のような水流に辿り着くことは決してないだろう、その水流は、大いなる憐れみと腐敗のうちに死んだ魚と排水を集めて押し流し、魚たちを生まれ故郷の海へ返してやるものなのだが。

私は毎晩、憂鬱な気持ちに取り憑かれてあてどなく一人歩きがしたくなる時刻になると、大きな中央駅に向かったものだ。長いあいだ、私は駅のコンコースを大股で歩きまわった。ある夜、随分遅い時間になって、駅がもうじき閉鎖されるという頃に、通りで吹き荒れて体を凍えさせる風から身を守る場所を求めて、それからきっと、列車が出発する夢や列車に揺られる夢を見るために、一日中駅に陣取っている物乞いや浮浪者、病人たちからなる凶暴な一群を、火災の最前線を燃え進む一列の炎のように警察が駅前から既に追い散らした後になって、私は階段を降りてゆく途中で、ぼんやり光る赤いものが石段の青さを浮き立たせながらすうっと流れるのを見た。階段を下りきったところで私を待ち受けていたのは、犯罪捜査官たちが地面の上、変死体の手足の周囲に、白墨で描いた輪郭線だった。捜査官たちは死体を運び出し、現場への立ち入りを禁止する色鮮やかなビニールテープを外してから、その線を後にして立ち去ったのだった。人をかたどった線だけが残り、その後ろには、戴冠式に望む君主の裳裾のような滴りが階段の上に続いていたが、その滴はもはや血液が広がり始めた頃の鮮やかで美しい緋色ではなくなっていて、隠されていた動脈の外に曝されるや否や黒く変色する、ねばねばした深紅になっていた。

虚無は、自らを閉じ込めている白い薄膜、泡を膨らまそうとしていたが、白墨の粉はその虚無に番号を振り、闇よりもさらに広大なアスファルトの闇を背景として、ぼんやりと歪んだ闇の一部分の輪郭線を描いていて、不在の人間の姿を性急になぞるその線を、無関心な通行人たちが靴底で踏みにじり、運び去り、撒き散らしてゆく。

凄惨な階段の下では、どうやら血の沼は乾いたらしく、沼の周囲は固まって、その外側で白墨の線が境界を定めているが、血は凝固するにつれて、かつて沼の縁だったところから隔たった地点で逆流したらしく、もはや小さな液体の広がりにすぎなくなっている。

私は陰気な彷徨と陰気な夜の見通しに打ちひしがれて、機械的に白い浜辺を越え、その夜の暈《かさ》のなかへ入った。最初は、未知の水の温度を確かめるために足を水に浸すような格好をして、岸を跨ぐ瞬間にはその外側と内側に同時に身を置いていた。靴底がアスファルトに触れた瞬間、私は身震いした。生々しい恐怖が入り込んで来ると、死が作用してわれわれのなかに有害な毒をそっと注ぎ込むのと同じように、突如として人生の転変が胸に突き刺さり、人生が失敗の連続だったと感じ、人生の短さが堪えがたくなった。そして私は、自分が凡庸で、とるにたらない、死すべき人間であると、いまだかつてないほど強く感じたのだった。

このような強迫観念はどこからやって来たのだろう？　私の体が白墨の輪郭線のもつオーラの中に入ったことに関係していると思われたが、そのオーラを無限に超えているとも感じるのだった。

この強迫観念はどこからやって来たのか？　私は両足をそろえて全身を線の内側に入れ、その乾いた中心の方向へと一歩踏み出す。最後に跨いだ時にはそれ以上の感覚はなく、むしろ、最初の一歩よりも恐怖は少ない。こうして、凍りついた液体と初めて接触した体はいきりたったけれど、その後は身震いを感じることは徐々になくなってゆき、そのうち全身が大海の中に浸ると、体にはもう同じような感覚しかもたらされない。この海の中で溺れたとしても、息苦しさを感じることはなさそうだ。

逃れ去る印象をもう一度取り戻すために、私は自分の身体によりいっそうの努力を要求する。白墨の囲いの外に出て、後ずさり、改めてもう一度中に入る。自分の中でまごついている何か、錨を下ろそうとしている何かが戦慄《おのの》くのを感じる。それが何なのかはわからないが、ゆっくり流れているのを感じる。逆巻く荒波は途絶えてしまったが、そのざわめきに私は耳を傾ける。

なるほど、そのように私の底へ沈んでゆこうとするものは、私が真ん中まで入り込んだ白墨の人形《ひとがた》に憑いた亡霊にちがいなく、白線と繋がった亡霊は私の心のなかに侵入しようとしている。しかし亡霊はあまりにも軽すぎ、あまりにも存在の量が少なく、あまりにも性質が欠けているために、私の奥深くまで入って来ることができないのだ。純然たる思い出の欠如。かつてそこにいた人について私には何の記憶もないし、その誰かに関しては、体のない輪郭線ともの言わぬ真赤な襤褸布《ぼろきれ》しか残っていないのである。私は白線を一跨ぎしてその誰かがいた場所へ一気に近づいたが、彼と結びついた魂の風景はまったく現われず、ただ視界が暗くなっただけだった。私の自己同一性《アイデンティティ》と交換することのできるような自己同一性《アイデンティティ》はまったく存在しなかった。形も声も持続性も持たない抽象的な輪郭、それに向かって私は、まるで通訳を引き受けてくれるかもしれない唯一の人に対してするように、消滅した肉体について語る死霊の証言を翻訳してくれるよう頼もうとし、また、彼がどういう顔だったたか、何という名前だったか私に教えてくれるよう頼もうとして、幾度も身を乗り出すが、無駄に終わる。

それは私の心の奥深くに達して宿る、ということは絶対にないだろう、あの残骸、白墨でできた岸辺の紐が私にくくりつけることに失敗した残骸は。しかし、人々が死に絶え、多くの物が破壊され、多くの作品が消滅した後で、解体された自己同一性《アイデンティティ》からは何も残らないという時になって、輪郭と標識もまた、もっとくっきりと、しかしもっと虚ろに、もっと静かに、もっと儚く、もっと断片化して、たちまち薄れてしまうのだ、まるで削られ、こそげられ、磨かれたシルエットのように、その他すべてのものに対する無関心のなかで、すべてを支えている輪郭の消滅とともに、忘却の巨大な深淵を広げながら。

都会では誰もが一度は有名な絵画の複製を見たことがあるだろう、そうしたどぎつい色の、下品なまでに特徴を際立たせた絵を、路上芸術家たちは人通りの多い界隈の舗道にじかにチョークでざっと描くのだが、夜になると彼らは作品を放棄するので、絵は人々に踏み躙られて、ほっそりとしたヴィーナスやモナ・リザの微笑みからは涎が垂れ、顎の部分は削られて鱗のようにはげ落ち、肉が削がれ、眼差《まなざし》は擦り切れたまま、降る雨とともに注ぎ、川のようにとめどなく流れてゆく。

巣窟

鉄道駅の界隈。いかがわしい酒場、光を通さないガラス張りのポルノショップ、ぽっかり開いた穴蔵を思わせるゲームセンター。なかでも最も暗かった巣窟は通りに面して開かれていて、低い天井の下、コンクリートむき出しの壁に三方を囲まれて、ひからびた唇の端で永遠に燃えている煙草《モク》の臭気や、汗と虫歯のむっとする匂い、気の抜けたアルコールの悪臭が澱み、冬の風が吹いて最前列に並んだコンソールやピンボール・マシンの足下に雪混じりのつむじ風が流れ込んでも、それらの臭いが拭い去られることはなかった。べとついた煙草の灰が窓ガラスやゲーム機の画面まで曇らせている。水溜まりのなかで澱み、腐った吸い殻《シケモク》は、泥とビールに浸され、やがてゲームに興じる者たちに踏みにじられて腹を裂かれる。夜になって外から見ると、鍛冶屋の炉か竃で焚かれたかのような赤々とした光のなか、洞窟の奥で揺れる影だけが目に映る。落ち着かなげに絶えず揺らめく暗闇に光が走り、燃えるような赤い色がチカチカ瞬き、人々の顔や壁の上へとまばらに反射する。

煙、幽かな青白い光、眩いストロボスコープ。アクアリウムの底の黙示録《アポカリプス》。

その内部では喧噪《バベル》がくるくると回転して二重の螺旋をつくり、溢れるばかりの言語の流れ、電子の流れが渦巻いている。すべてのマシンが一斉に唸りをあげる。嘲笑うような、無機質な声で。縦に並べられ、壁ぎわに寄せて横たえられた棺桶の奥底から、厳命、託宣、脅迫が聞こえて来る。居場所を持たない粗暴な子どもたちは、修道士が被るようなフードの陰に顔を隠してやって来ては小銭《オボルス》を投じてマシンを動かすか、時にはドライバーを一捻りしてその臓腑《はらわた》を引き摺り出そうとした挙げ句、地下世界に響き渡る声に対して返答するのだが、その返答は卑猥な言葉、罵詈雑言、殴る蹴るの暴行という形を取るのだった。

単純な遠近法で描き出された二つのファサードがつくる断崖の間を、黒焦げになった車の残骸の間を縫って、耳を聾するサイレンの中、ヘルメットを被った野獣どもが駆け、ジグザグに進み、跳び上がる……Fire！Fire at will！　擲弾、焼夷弾、曳光弾……it is midnight Doctor Schwartzer……幽霊屋敷はまもなく閉館。ジェットコースターの小さな扉がふたたび閉まる。ミノタウロスは口を開き、顎を外して、ボールを消化しながら迷宮の真ん中で眠りこける。怪獣の鼾に合わせ、ピンボールがカタカタ顫える……go for the kill！　引き金に指をかけ、ボールの弾倉をすっかり空にする……*dumdum*……みごとな肉体のそこかしこで炸裂する赤黒い傷……襲いかかって来る奴らをなぎ倒せ……full throttle……カタパルトから射出されたF－15ストライクイーグルの轟音……bottome of the first stanza……この際、あいつの鼻面に一発お見舞いしてやる。発射、一直線に駆け上がるボール……take off！　地獄行きのランプレーン……ホモ野郎……take off！now！　怪獣を棹立ちさせる……

stalling！stalling！　蒼空！　蒼空！……だが視線が切り裂くのはたった一つの蒼空だけだ、上も下も……波濤をもろに食らう……dead on arrival……殺到してきた奴らの白目が間近で見えるや否や爆発し、人間のものとは思えない肉の襤褸《ぼろ》切れになる。one down.

Finish him！

外では、赤い夜のなか、突如としてアーク灯の明かりが切れ、通りの大部分を飲み込む……ball locked……ボールからボールへと、血の通わないカタマリに命を吹き込め、眩く光る金属の筐体《きょうたい》のなか、裸で象られたこの地球外の感覚主義者に……missile armed……そいつの口は穴、目もやはり穴だ……radar locked……視準器、火砲からの ratatata……stand by to fire……蒼空に閃光を放ち、跡をたなびかせて。繭から脱け出す蚕……わが妹、アリアドネよ……衝撃で尾翼に穴が開いた。キィィンという音とともにスピン、末路は死……going！going！gone……ランプを這い上がり、傾斜路の迷宮に突っ込め、巣のなか、蜘蛛の巣城のなかへ……surrender now！　戦車側面へのバズーカ砲……armour, armour……

What do I love？　And where are you？

ファサードが燃え、地雷で陥没した歩道は死骸で埋め尽くされ、体を半分に折り曲げた屍《しかばね》がいつも窓にぶら下がる……sniper！　彼女は感じる、彼女は目を開く、彼女は耳を傾ける、彼女は身《み》動《じろ》く……rounding third base……あなたの大事なボールを食べて育つ生き物が、すべてのボールをあなたに返してくれる、それも百倍にして、鉄の腿と腿の間に開いた洞窟へと最後のボールが発射されて……collect all bonuses……ごとんとマシンが揺れ、飾り気のない空に星たちが痙攣しながらパッパッと瞬き、あなたの快挙が数値として表示されたら……前方にはハイパースペース……天空では、宇宙船がスローモーションで爆発する。――そして、北風の神アキロンはまだ死骸の上に……ターゲット捕捉……弾薬、灯油が砂漠に火をつけ、大気を焦がす……struck out……破壊によって陶酔したり……shoot to kill……残酷さによって若返ったりすることはあるのだろうか？

Zap！

みな、格闘にのめり込んでいる間は一人きりであり、電気回路の内部やガラスパネルの下で煽られた恐怖や勝利の歓びは各人にとって見せ物ではない。彼は誰でもないが、声が語りかけるのは彼に対してであり、頭上をビュンビュン飛び交うあれらの爆弾や銃弾は彼に向けられたものなのだ。彼が好むのは、幻想、狂ったような光景、唾で濡れたビデオ画面、暗闇でチカチカ光る英数字記号《アルファニューメリック》のディスプレイ、きらびやかな蛍光電飾。陳腐なシナリオ、英語の決まり文句、性器も顔もないポルノクリップ、男性向けグラビア誌、成長物語、子供の頃のマンガ本、猥らなリフレイン、神経に障るリズム。ピンボール、航空戦闘や野球のシミュレーション・ゲーム、天空ゲリラ戦、都市の電撃戦、探険や決闘など、すべてが彼のまわりでざわめき、とめどなく爆燃する。内側から、周囲から、店外から聞こえてくる声、雑音、谺《こだま》が、神話的なオペラの楽譜、凪いだ光の反射、うねりをなす煌めきが、彼に触れ、ざわめきが氾濫し幽かな断続音が泡だつ彼の頭蓋のなかで滑り、逆流し波紋を広げる。

ヘリコプターが唸りをあげて旋回し、摩天楼の後ろに隠れ、ブンブンいいながら突如現われてロケットを吐き出す……powerplay……リズムマシンの連続低音が私たちの足下でコンクリートを揺らす……hit the clock！ 私たちの世界の向こうに、もう一つ別の世界、複製が存在し、そこでは元の世界のルールはもはや通用しない……hit the clock！ その世界では大時計の針が……you miss……売女！ 逆向きに回転し、かなりガタのきた自動ピアノが……shoot the player！ かん高い流行歌のサビに乗せて……you missed……fuck you！ あなたに何百万点も加算するだろう……all targets up……至福《ニルヴァーナ》に続く隠しレーン、それは秘密の原動力《ぜんまい》だ、絢爛たる万華鏡に向かってあなたは推進《なげだ》される……my name is Hal……さもなくば、チキショウ、オーノー、ノオオオウ、ノン、ジルチ、ニヒル、ニエット、何てこった、ナーダ・デ・ナーダ……オカマ野郎！ 外では、何台もの車がラジオをガンガンかけながら走り過ぎ、帳場を震わせ、神秘的な文字や秘教的な絵文字、素朴な図像で飾られたけばけばしい棺桶のすべての窓ガラスを揺らす。あるいはまた、腕にぶら下げたゲットー・ブラスター《ラジオカセット》……blast da monster……大排気量のエンジンを、赤い火が待ちきれずに過回転させている……ten seconds to annihilation……次々と繰り出されるGP爆弾、陥没孔、黒焦げの人体……cry uncle……光る航跡……地対空ミサイルの到着！ 退避！ 退避！ 火花と煙が充満するコックピット……。

Hit！

聖杯《グラール》、キャビネットの腹から聞こえて来るこの乾いた音……第二の生かもしれない、私たちのヴァーチャルな身体と魂に対して結ばれたこの電子的約束《プロメス》。この約束、この狂気《デマンス》！ 優雅《エレガンス》、科学《シアンス》、暴力《ヴィオランス》……losing altitude……だが迫り上がってくるのは地面だ……メーデー！ メーデー！ 加速、ブラックアウトした黒いスクリーン……crash！ 永遠の生は三秒間、バンパーの巣にはまったいくつもの鉄のボールがおこす洪水によって勝ち取られた時間だ……ground！　さもなくば、レーンにどんどん流し込み、ターゲットに当てて獲得した時間……blooper！　罪の合計がディスプレイに表示される、この探求を支配する地獄絵によってすっかり飾り立てられて……get the gold……外ではネオンがチカチカ瞬いている、巨大な広告スクリーンやショーウィンドーの小さなランプが……two balls……一人の男が修道士が被るようなフードの陰に顔を隠し……swing it, lefty……野球のバットを一振りし、質屋のショーウィンドーを叩き割る……one strike……砕けたガラスが透明な滝となって流れ落ち、作動したアラームが闇のなかで鋭く鳴り響き……

Top of the fourth canto.

腹につめ込みすぎたせいで、古いビニール盤の溝の上を横滑りするピックアップの傷と一緒にティルトになった。lose it all……もし腹のなかに潜む幽霊によって授けられた不思議な加護、目には見えぬ運《ツキ》がなければ……vultch！　通りで火炎放射器を掃射する……whoosh……倉庫や、崩れかけた宮殿まで追い詰められた特殊部隊《コマンド》……nuke'em！　宇宙的規模の殺戮……finish him！　あなたたちはどんな得点でも助かる。自分の得点に応じて、助かるか、劫罰を受けるか……

Play again……

だが、宿命づけられた苦悩と、死の通路の縁で惑うボールのためらい……nel cieco monde……そして地獄の苦しみ、次なる贖罪のためにすべてが集められ、再利用され、再投入される地獄での……hurl the bitch……ダイヤモンド目がけて、バットが描く弧――そして放たれたボールの放物線……homer！　叫ぶ群衆……fire at will！　長いあいだ、燃え盛るイリオンを、煤けた光のなかの宮殿を、彷徨い続けている……foul！　肉から出血し、着弾によって繰り返される傷の下で装甲、甲冑に穴が開いた時、叫び声が……hitchhiker by the side of the road……ランプレーンに沿って、迷宮の曲がり角で、軌道の交わる場所で、世界の裏側から来た奇妙な使者たちが鉢合わせる……riders on the storm……外から、夜の底から、低いサイレンの谺が聞こえ、接近しながらどんどん甲高くなってゆく。軋るブレーキ、ぶつかり合う鋼板。巣窟の奥まで照らし出す赤や青、白のパトカーランプ……aura nera……大口径の拳銃《ハジキ》を手にした警察《サツ》どもが、警棒をベルトに挟み、車のドアの向こうにしゃがみこんで、ファサードに激突した残骸を包囲し、パトカーのラウドスピーカーから命令し、がなりたてている……

Go to the next level.

モータル・K

〔欧米でよく知られた格闘ゲーム『モータル・コンバット』のもじり。このゲーム内ではアルファベットのCがすべてkillを意味するKに置換されている〕

あの頃僕が夜を過ごしたのがそこだったといえば、あなたは信じるでしょうか。巣窟のなかで、ゲーム機に寄り添って親しく語らうというあの目も眩むような魅惑に、僕もまた身を委ねていたのです。僕の大のお気に入りは、遥か昔の物語を紡ぐ機械でした。物語はいつも同じ唄だった。とある城の、一番高い塔の唄。塔に隠れ棲んでいるのがつれない美女なのか、はたまた血に飢えた憂鬱な怪物なのかは、誰も知らない……それを知るためには、塔に辿り着かなくてはならないでしょう。試練に次ぐ試練、死闘《モータル・コンバット》に次ぐ死闘《モータル・コンバット》に身を投じた僕は、恐るべきウェストウェストの城を攻略することに夜を費やしたものです。僕の冒険には最大限の忍耐と最大限の勇気に値するある目的があった。すなわち、ウェストウェストの許《もと》に辿り着き、奴と闘い、斃《たお》すこと。スクリーンの遠景には、ウェストウェストの城のただ一つの塔の姿がはっきりと見分けられる。塔の周囲には鴉《からす》の大群がパタパタ飛びまわっているが、鴉の動きはアニメーションのブレのせいでカクカクしていて（きっとグラフィックチップがやや電力不足なのでしょう……）ギクシャクと飛ぶ蝙蝠のようだった。

だが、そこに行き着くまでにはどれほど多くの対戦を制し、どれほど多くの敵を倒さなくてはならないことか……。コインの投入口に何枚かの小銭を入れると、機械《マシン》はあなた自身をあなたの闘士に引き合わせる。引き続いて行われる仮想的《ヴァーチャル》な神明裁判には彼が参加するのだ。人は逆境にある時、あたかも誰かに叱咤激励してもらうように自分で自分に声をかけることを好むものだが、このことをプログラマーたちはぬかりなく十分に考慮に入れていたというわけだ。盛り上がった二頭筋に剃り上げた頭、上半身裸で全体に奇抜なアラベスク模様の刺青《いれずみ》を入れ、荒っぽい決め台詞を放つ汚れなき騎士が突如としてスクリーンに姿を現わすと、抑揚のない平板な声で、一音一音はっきり発音しながら次のように言う。Call me Joseph.

常に変わらぬ黄昏の光のなか、あなたは次から次へと敵に立ち向かってゆくでしょう。城が聳える丘の麓、荒ら家《あばらや》が立ち並ぶうら寂れた村で出会うのはガルディーナ、この手強い女戦士は赤い長衣《チュニック》を纏い、常に手放さぬ扇の後ろに気を引くように顔を隠している。橋へと続く道では、双子のアルトゥールとイエレミーアスが立ちはだかる。蛇の髪の毛が垂れ下がって二人の顔を隠している（両方を殺す必要はない、一人が打撃を受けるともう一人は直ちに力を失うから。不可思議な共感力の効果だ）。ずっと先には、喜劇の仮面をつけた、なかなか捕まえられないモームス。猫の仮面をつけたギーザ。城門のところには、鉄仮面を被ったシュワルツァーがいて、巨大な拳で鍵束をつかんで振りまわしている。そいつであなたの顔をぶん殴って楽しむのだ。一度《ひとたび》城の中に入ると、敵どもの背丈と強さは格段に大きくなってゆく。まずはソルディーニ。奴は絶対に横顔しか見せない。次にクラム。全身を黒衣で覆い頭にターバンを巻いた奴の指は、伸びると剃刀のように鋭利な鉄の鉤爪になる。それからガーラタター。顎はガラスか、たぶんダイヤモンドでできている。最後にウェストウェスト。奴を自分の目で見たという者はほとんどいないが、腕が八本以上あるということは知られている（あなたをもっときつく締めつけることができるように。おお、死すべき人間《モータル》よ！）。

どの敵も驚異的なまでに敏捷で、多彩な蹴り技を隠し持っている。あなたは素手で戦い、パンチを繰り出すためにスクリーンの端から中央まで、伝説の忍者のごとく跳躍することができる。操作卓《コントロールパネル》にあるいくつかのボタンとレバーの動きを組み合わせれば、カンフーやテコンドー、柔術、その他諸々をオリジナルに融合させてあらゆるパンチを――それにさまざまな防御《ガード》を――再現することが可能だ。常に顔を隠している敵から、仮面――鉄、鼈甲、絹、羽毛など、素材は何であれ――を剥ぎ取ることができたらあなたの勝ちだ。鼠の顔、癩病病みの顔、狼瘡やジットリ湿る疱瘡《ほうそう》に覆われた顔、頭蓋骨、肉も皮膚もない髑髏《しゃれこうべ》、ぐにゃぐにゃの蛸……クラムだけは絶対に素顔を曝さない。あなたがクラムとの闘いに決着をつけ、止めを刺すために近づくや否や、奴は姿を消し、ガーラタターに変身《モーフィング》してしまうのだ。

しかし、死すべき人間《モータル》に過ぎないわれわれにとって、この相次ぐ対戦の魅力がどこにあるのかといえば、裏切り者をローブローで滅多《めった》打ちにして愉しんだり、そいつらを傲然とひねり潰したり、闘いの最中にあなたが苦痛のあまり顔を歪ませたり（これはスクリーンに表示される）血の涙を流したりする（攻撃を受けるたびに血飛沫が迸る）などといったことを別にすれば、その大半は、われわれが敵の一人ひとりに応じて実に奇抜な最期を迎えなくてはならない時に感じる恐怖と憐れみの情にあるのだ。敗北したグロッキーなボクサーであるお前がどうにか生き長らえているというのに、お前をねじ伏せた奴はといえば、バラバラに壊されたお前の憐れな操り人形の上に火文字で表示され、相も変わらず抑揚のない声で発せられる命令——FINISH HIM！ トドメをさせ！——に従って止めを刺す。一人ひとり異なったオリジナルな止めの刺し方は、勝者にとっては勝利そのものであり自らの署名《サイン》となるが、お前にとっては苦痛でしかない。そして、激しい恐怖に心満たされたまま、凝りに凝った責め苦を受けながら自分が処刑されるところをお前はなす術もなくただ見ているしかないのだ。

ガルディーナは恭しくお辞儀をして身を起こすと、ブーメランのように扇を放ち、一撃でお前の首を切り落とす。頭が遠くまで転がっていく間にも、切られた首と垂直に血が吹き上がり、緋《くれない》の泉さながらふらつく胴体の上に落ちかかると、ほどなくお前は大量失血して長衣の隅々まで血で染め上げられ、やがて体が地面に崩れ落ちた時、お前の目に映るのは、西洋の古い絵画にふさわしい短縮法で描かれた、淡い肉色の頸《くび》の断面だ。かわいそうなジョゼフ……。

Finish him！ アルトゥールとイェレミーアスはお前を引っ捕らえ、八つ裂きにするだろう。奴らは、路上にグロテスクに崩れ落ちた胴体の上で、お前の四肢を、関節が血に染まった腕や脚を振りまわすだろう。

モームスが桁外れのアッパーカットでお前を宙に放り投げると、お前の体はどこまでも高く上がってゆき、それから勢いよく深淵に落とされる。古い欄干のついた橋が架かる淵の水底では、鋭利な杭が待ち構えていて、お前よりも先に城への路を辿った命知らずな者どもの、顔を歪め、身を捩り、刺し貫かれた死骸のなかで、長々と呻き声をあげながら串刺しにされるだろう。

ギーザが汚い巣穴のなかで巨大な猫に変身して飛び跳ね、鉤爪でお前の胸をズタズタに引き裂くと、やがて立ちつくす体から血液とリンパ液が滴り落ち、誰のものか判別がつかなくなるほどズタボロにされた深紅の肉片になるまで、生きたまま皮を剥がれる。それから、お前の処刑人は大気のなかに消えてしまい、洞穴の真ん中には奴の微笑みだけがふわりふわりと浮かんでいる。

Finish him ! シュワルツァーの服の襞から叢雲《むらくも》が立ち出で、どんなものでも粉砕してしまう衣蛾《いが》でできた黒い枷を痛むお前の体に嵌めると、お前はじきに粉々になり、そうしてできた小さな山は、お前の処刑人に強く息を吹きかけられて散らばってしまう。

城のなか、息詰まるような回廊と控えの間でソルディーニに追い詰められたお前は、奴の息遣いに包み込まれ、火の舌《ラング》でジリジリ焼かれ、体じゅうの骨、耳小骨の重なりまで焼き尽くされて、膝から骨が崩れ落ち、とうとう鼻さえも塵となって消えてしまう……。しかし、そんなふうにスクリーンの端《はじ》に身を潜めてお前を追跡し、反対側の端《はじ》でお前の背後にふたたび現われるのは、本当にソルディーニなのだろうか？　否、それは奴と瓜二つの分身、ソルティーニだ。一人は常に右側から姿を見せるが、もう一人は左から出て来る。奴らがスクリーンに横顔しか見せない理由について、人々は次のように想像していた。この敵は元々は同一人物であり、古い宿命によって矢印形に分割された二つのテッセラにすぎないのだが、彼は分割されてしまったことに対して恥辱を抱き続けているために、人前ではその分割を晒さないよう気をつけているのではないか、と。いいか、ソルティーニはお前を火《フー》ではなく鉄《フエール》で処刑するだろう。お前は奴と同じ運命を辿ることになるだろう。その時、お前の二つの半身は引き裂かれ、頽れるだろうし、お前は自分が決定的に分裂する光景をとっくりと凝視《みつめ》ることだろう。かわいそうなジョゼフ……。

鉱物の薄暗い葉叢の下、柱と柱の間を細い小径がくねくねと四方へ伸びる地下で、傲岸なクラムがふらつくお前の体に近づき、がっしりとした手で、仮面を剥ぐかのようにお前の顔から皮膚を剥ぎ取る。だが、ぼろぼろになって頸にぶら下がった皮膚の後ろには、何もなかった。眼窩があるはずの場所には二つの黄色い澳《おき》が、小さな洞穴の漆黒を背景に燐光を放ち、輝いている。

地下牢の井戸の底、太古の昔からお前を待ち続けていたガーラターは、氷のような息吹でお前を凍らせて半透明の氷塊にした後、くるくると旋回し、鋭い足蹴りを放ってお前をかち割るだろう。ガラスのように脆いお前が滝となって砕け散ると、お前の破片は高所から降り注ぐ光を受けてきらめく。

ウェストウェストは、八本の腕を使って途方もない力でお前を締めつけ、とうとう窒息させてしまうと、鉄床《かなとこ》のような握り拳でお前の胸からゴングやティンパニーのあのくぐもった鎚音《つちおと》を取り出した後、六本の巨大な腕の間でなおもお前を締めつけ、なおも圧迫しながら、一番ほっそりした二本の腕で自らの勝利に拍手して満足を表すのだが、お前の頭はまさにこの両手のなかで破裂するのだ。脳漿が、あの白や緑、灰色の塊が噴き出してウェストウェストの唇の上まで撥ねかかると、奴は二股に裂けた柔らかな薔薇色の蛇の舌で唇を舐めまわす……。

嗚呼、かわいそうなジョゼフ……。幾度も止めを刺され、相次いで何度も斬首され、八つ裂きに、串刺しに、皮剝ぎにされ、粉砕され、黒焦げにされ、引き裂かれ、顔を剝がされ、破壊され、脳味噌を飛び散らされても……どうってことはない。俺はここにいる。ずっとここにいる。以上のようなありとあらゆる瀕死状態からお前を回復させ、ウェストウェストの帝国を取り囲む昏《くら》い河を今ひとたび渡らせるためには、ゲーム機のコイン投入口にもう一枚小銭《オボルス》を追加するだけでこと足りるのだ。この操作には果てしがない、真に栄光ある体が、齎《もたら》されるはずの復活を果てしなく待ち望むのと同じように。一番高い塔の一番上の部屋の扉を通過した暁には、その栄光ある体が待ち受けているだろう、とお前は想像している。

塔のなかに何がいるのかということに関しては、推測や噂話しか存在しない。誰かがウェストウェストを斃すことに成功したとはついぞ聞かないのだ。それに、本当に奴と相見《あいまみ》えて一対一で戦うというところまで行った者は何人いるのだろう？　とはいえ、熱狂的愛好家たちが意見交換するネットワーク上には、達人たちの教えや秘密の蹴り技のリスト、仮想的《ヴァーチャル》な悪魔・竜・主塔を網羅した系図などに混じって、一番上の部屋とそのなかにいる人物の謎についての解説だけに割かれたページがあるらしい。いったい誰がその部屋に入ったことがあると自慢できるだろう？　それほどまでに、部屋に続く階段の下に辿り着くまでに乗越えなくてはならない試練の数々は指数関数的に難しくなってゆくと言われているのだから。いつか誰かがこの最後の部屋の敷居を跨ぐことができるのだろうか？　そして、部屋は空っぽではないと言い切ることのできる者はいるのだろうか？

この冒険のソースコードをコンパイルしたプログラマーたちには守秘義務がある。彼ら自身も自分がコーディングしなかった試練の秘密は知らない。塔を考案しウェストウェストの動作を記述した主任プログラマー、ウェストウェストの足許で見張りをする番犬《ケルベロス》が、死んで墓まで秘密を持っていったということだ。というのも、プログラムは暗号化されており、暗号化方式は極めて独自のものなので、何者もその封印を破るに至らなかったし、暗号は非常に強固で、本をすらすら読むようには一番高い塔の歌の最後の数行を読むに至らなかったのだ……。

ところがラストシーンについては以下のようなことが語られている、といっても、おそらくこれは、卑猥な絵空事を吹聴して憂さ晴らしするゲーマーたちの妄想にすぎないのだが。

言い伝えによれば、塔に上がる階段の下で恐ろしいウェストウェストを斃すことに成功したであろう者（そのためには、奴の怪物じみた抱擁から逃れることができなくてはならないだろう、なぜなら一度奴の掌中に囚われると振りほどくことができないのは確かだから）は、突然魔法にかけられたかのごとく上昇し、自分が部屋の入り口に立っているのに気づくということだ。部屋の扉が開くと、嬉しや嬉し、歓喜の涙とともに発見するのだ、裸で鎖に繋がれ、屑や汚物、こぼれたビールの間に横臥しているあの冷ややかな像、黒い瞳と黄色の御髪《みぐし》をもつ、禁じられた美女を。彼女はまるごと全部あなたのものだ、けれど、美女にはほとんど光がない。銀灰色の顔、水晶の腕。その時、あなたの拳や足を動かしていたボタンや、虎のような跳躍に動きを与えていたレバーは突如としていつもの効果《エフェクト》を失う、と言われている。ボタンとレバーによってコントロールしてきた戦士や空手家としてのあなたの反射神経は、いまや未知のカーマ・スートラに従う必要があるのだが、その一連の動作や構図についての規則を知る者は誰一人としていない。あるいは一部の者たちが考えるように、このプログラムはあなたの意志の代用を務め、勝ち誇るロボットたるあなたを夢のなかにいるかのように動作させ、囚われの女と番《つが》わせるといったことまでするのだろうか？　いずれにせよ、こう仮定しなくてはなるまい。あなたの快楽の質と持続時間は、あなたが彼女に辿り着くまでに示した数値や、数多くの闘いの後であなたに残っている体力次第である、と（あなたの戦績、得点《スコア》とヒットポイントがスクリーン上部に表示されていないだろうか？）。これだけは確かだと噂されていることが一つある、それは勝利の性交に立ち会う時にあなたが不能だということだ。あなたのヘマは貴婦人の鎖を解くという途方もない効果をもつ。あなたの手のなかのレバーの動きを狂わせる最終的な痙攣によってあなたの腰が反り返るや否や、鎖が千切れ、あなたの腰のまわりの締めつけが狭まり、彼女はあなたをひらりとひっくり返す。鉤爪であなたの胸を探り、その肉を掘り心臓を探し当てて引っこ抜くのだ、ぱっくり開いた傷口の血まで凍らせる叫び声とともに。百匹の汚い蠅がブンブンしつこく唸りをあげるなか、美女はピクピク痙攣しているそれを貪り食うだろう。

だって、彼女は情け容赦《つれない》ないのだから……。

本当に。

私たちはつれない貴婦人に祈るのか？　そうはいっても、罰を受けることなく彼女に接吻できればと夢みない者がいるだろうか？　しかし一番高い塔の部屋の魅惑と恐怖を味わった後でなお生き延びることのできる者がいようか？　これほどまでに美しい売女の残虐《つれなさ》行為を挫くような秘密の動作の組み合わせを発見できたら、せめて彼女の危険な肉体だけでも狂わすことができたらと秘かに願わない人間《モータル》がいるだろうか？　ああ！　女王の接吻でなお赤い額のまま生き返ることができるとは！　幸せなジョゼフよ……。

島から遠くへ飛び去ってゆく飛行機のなか、ふたたび私の胸を打ったのは自分に犯罪の才能が欠けているという考えだった、それは校庭や通学路でかつて自分に見出したと信じた考えであり、前々から復讐したいと夢見ていた男と人気《ひとけ》のない町外れで偶然すれ違うという、まさに行動化《アクティング・アウト》にうってつけの散歩のおりに、さらに多くの悲哀を伴って自分に認めた考えであり、またそれからほどなくして、推理小説を何ページか読みながら、犯罪の空虚、犯罪の虚偽、そして完全犯罪の虚構にまで敷衍させようとした考えであって、私自身の不甲斐なさを口実にするのではなく、私が憧れた完全性など存在しないということを口実にするならば、少しは苦痛でなくなるかもしれないが、私を滅入らせることに変わりはないあの考えであって、それが実に久方ぶりに脳裏によぎると、かつてなかったほどの激しい痛恨であらためて私の胸を打ったのだった。

こうした素質の欠如は、離陸後にスチュワーデスが配る新聞のうちの一紙で死亡告知欄を見た時に確かなものとなったのだが、私たちはそうした紙面に記された、近親者の絶望についての非常に退屈な記事を軽く読み流す習慣があるものの、そんな薄っぺらな無気力状態が停止するのは、急死した人間の名前が目に止まり、それが常々死ぬがいいと思っていたある人間の名で、自分がその死にまったく貢献できなかった、という場合である。侮辱を受けたのに復讐もできない自分の無能さや、やっきになって制裁を加えてやろうとすることへの嫌悪は、さして後悔することでもないと思われた、あたかも殺人が途方もない享楽を生み出すことはないとでもいうかのように。またそれと同時に、殺人が自分の期待していたような前代未聞の行為というわけではなく、単にあの凡庸さ、つまり死というものの、もう一つの形であるということが私には悲しく思われるのだった。

このような素質の欠如は、飛行機から降りて税関を越える瞬間にふたたび確かなものとなった。制服を着た警官たちがぞろぞろと並んで、憔悴した夢うつつの旅行者たちの悲愴な一行が次から次へと目の前を進んでゆくのを眺めていた。「ポリ公どもよ」と私は思った「あなたたちはもうまったく脅威ではない。私の心は冷えきってしまい、もうあなたたちが怖くないのだ。私はそれでもここに、税関のただなかにいる。そう、私の目があなたたちの汗ばんだ赤ら顔とひ弱な胴体を分かつ線を確かめるのは冷淡に、倦怠を感じながらであって、潜在的に罪を自覚している人間の持つ本能的な震えに襲われることはない。これまでは自分が犯罪者だと思い込むことがあったかもしれないが、いまはそうではないことが分かっている。こんなにも無味乾燥な私の生活はたぶん新たな局面に差しかかっていて、そこでは、もはや人間同士の交流が私に知らせることのない何かを推理小説とビデオゲームが私に吹きこんでくれるかもしれない。だが、人間の喉を掻っ切ることができたかもしれない日々は、きっともう二度と返らないだろう」

しかし、啓示がやってきてわれわれを変容させてくれるのは、ときには、すべてが失われたと思われる瞬間である。

パスポートチェックの係員はのろのろと私のパスポートを捲《めく》り、しげしげと顔を凝視《みつ》め、私を比較した——私の証明写真と？　パスポートに記された私の身体的特徴と？……私はまだ少なくとも自分に似ていたのだろうか？

検査係の指示で荷物を開けた。いや、私は一つとして持ち帰ってはいなかった、土産と呼ばれるようなもの、リリパットの商品などは。頭のおかしい語彙論学者によって編纂されたというリリパットでは、共通語と稀少語、代名詞と固有名詞が隣り合っていて、そうした語彙をのろのろとつっかえながら口にしたり再度口にしたりするよう命じられるのだ。ああいった模造大理石のアクロポリスやミナレット、表に獰猛な獣、裏に学識豊かな格言が彫られたチャーム、貝殻の首飾り。どれも画一的な商売から手に入れたバッジだ。メダルとは現代の獲得物を例証する引用であり、その隣には大昔の貴重品、あの種の絨毯や仮面、偶像、厠が並べられている、これらは本物の断片ではあるが、ちぐはぐで、黙して語らず、われわれが学ぶことのなかった連禱を内に秘めていて、耳が聞こえなくなった神々に向けられたその祈りを、われわれは珍しさや美への盲目的信仰に捧げるのである。

人々が立ち去る都市の周縁、立ち戻る都市の周縁。インターチェンジ、倉庫、駐車場、団地、植生が育たず荒れ果てる緑地。この無関心な中立地帯は、よそと変わらず、普遍的で無個性な人間に支配されたあらゆる場所に似通っていて、皮肉も郷愁もない。ある日ある男が、都市の形態はついに人間の心よりも速く変化するようになったと告げた。それ以来、彼の同胞たちは都市の中心を棄てて急速に発達する都市近郊に身を捧げたのであり、彼らは形なきもののために尽力している。人々が帰ってゆく都市では、時は澱んでいるように見えるし、われわれの心は未《いま》だ嘗《かつ》てないほど致命的に引き裂かれているようである。

私は一段ずつ数えながらどうにか階段を昇り、鍵で錠をがちゃがちゃ鳴らした。扉を押す時、腕に抵抗を感じた。神経細胞からは機械的行為の痕跡は消えたと思っていたが、腕は機械的に伸びて電気のスイッチに触れようとした。無益な記憶が甦る。電気は解約しておいたのだった。閉じた鎧戸はぼんやりとした光しか通さず、黒と灰色、平面と立体だけが見える。私の足許やその周囲に散らばる淡い色の長方形は、長きにわたった留守の間に扉の下から差し込まれた郵便物だ。

壁に触れながら、暖炉まで、銅の小さな蝋燭立て——記憶のなかでは黄色だが、炎を灯せば仄かな光のもとで緑青色になる——のところまで手探りで進んだ。形はどんなだったろう？　薄暗がりでも、記憶のなかでも、明るい場所でも同じ……。だが色彩は違う、厚く積もった埃の下に隠れた色は、同じではない。

誰もいない場所に放置された物の表面は、人間の手に触れられたり、身体や衣服に擦《かす》られたりすることで磨かれることは日に日になくなってゆくというのに、そんな表面に堆積する埃はどこからやって来るのだろう？　閉ざされて光の届かないままのこの部屋の中で、こうした埃はすべて、どこから生じるのだろう？　ごくわずかな隙間を通って、外部から入り込むのだ。内部では、知覚できないほど細かく分解された物質が実体を撒き散らしている。石膏はひとかけらずつ崩れ、絵画は気化し、布地の繊維はほどけ、木は粉末になる。風化したものはすべて混ざり合い、ひとしなみに屍衣となって沈殿し、巣のなかでまだピクピク動いている死んだ蜘蛛や仰向けにひっくり返った蠅を埋葬するが、死骸はカラカラに乾燥していて軽く、私の体の動きにつれて流れた空気が通り過ぎると最後にもう一度吹き飛ばされ、くるくる回りながら地面に落ちる。

テーブルの上では、堆積した埃によって食事の残り物《レリーフ》が擦筆《さっぴつ》でぼかされたようになり、まるで前進する砂漠か、生まれ出ようとするものすべてを執拗に刈り取ろうとする大地かによって破壊され、呑み込まれた古代都市のミニチュア遺跡を飛行機から見下ろしたかのようだった。砂糖壷、スプーン、コーヒーカップ、その底には濃い黒色の、蒸発した液体と砂糖の残り滓。くすんだ銀製のコーヒーポット。乾燥してカチカチになったパンは、ほとんど薪か大理石かブロックといったところだ。浅底の器《うつわ》の中にはひからびた吸殻《シケモク》が黄ばんだ骨をぴんと立てて、灰の小山から突き出ている。

私は一つひとつ部屋を見て回った、ピラミッドや霊廟でまだ誰も足を踏み入れたことのない部屋に入る考古学者のように。部屋のなかにある物は、まるであの世で使用される物のようだ。

寝室ではベッドは乱れたままだ。寝間着がまだ枕の上に放り出されている。蒸発した香水を嗅ごうとしたが、香りは埃にすっかり吸収されていて、埃が私の鼻孔を刺激し、口のなかに土と鉄の味を残した。ぴったり合わさっていないカーテンの隙間から入り込んで来る光芒のなかでブラウン運動しながらきらめく埃が私の動作によって乱れた。開いたクローゼットに並ぶハンガーは肩の部分を露わにして揺れていた。

戸外では徐々に光が衰えてゆき、さまよう私の影は蝋燭の光に照らされてますますくっきりと映り、壁沿いに揺らめいてますます不穏な様子だった。蛇のごとく地を這う幾筋もの青白い流れ、氷河の舌。それは郵便物、積み重なった封筒の褶曲で、ある手紙は他の手紙の下に滑り込み、別の場所ではもっと分厚い手紙が郵便物の地層全体をずっと遠くに押しやっている。葉書、広告、請求書、カレンダー。誰に宛てられたものでもない郵便物の山の中に埋もれた、ほとんど名前が識別できない私宛ての手紙や、すべてはっきりと宛名が読み取れる手紙を発掘し、引っぱり出す。


食事をしようと思って外出すると、奇妙なことに辺りには誰の姿もなく、追憶の作用によって人の姿が消されたかのような通りを、夢遊病者のような体で歩きまわりながら、昔よく訪れたレストランを探した。あそこへ通っていたのは、ぎっしりと客が入り煙草の煙が充満していたお蔭で、ごった返す群衆のなかへやすやすと姿を消すことができたからである。

遠く前方には、荒々しく照明を当てられたガラスの小空間《キュビキュル》〔「地下墓所の納骨堂」の意味もある〕が大通りの歩道脇にくっきりと浮かび上がっていた。おそらく人々が昼間バスが停まるのを待つ場所だ。ベンチの上では、動かない人影が透明な仕切り壁に背を凭せてへたり込み、褐色《ビュル》〔「修道士の着衣」の意味もある〕の毛布で頭の天辺まで完全に覆われていた。近づくにつれ、布地越しにかさばりが見て取れた。頭や肩、腕、それに脚。

その背後には、ガラスの枠に嵌め込まれたポスターがあり、艶やかな肌に赤い唇の女性が本のようなものを手に開いて持ち、読むふりをしているが、看板の左隅はキャッチフレーズで飾られていて、女性の顔を背後から照らすそのスローガンの文言を信じるとすれば、看板は彼女がまさに彼女自身であることを彼女に保証していた。

ガラスのボックスまであと数歩というところで、ボックスを照らし出すネオンがぱちりと乾いた音をたてて切れた。女の横顔はふわりと消え、動かない僧服《ビュル》の形と、目に見えない地下聖堂の納骨所に座す顔のないカプチン会修道士は夜に呑み込まれた。

その先のもっと遠くで、私の眼差はある飾窓に惹きつけられた。ピラミッド状に積まれたビデオ画面が痙攣するように光を放っていたのだ。私はそこで立ち止まった。山積みになったモニターの下に絶妙な無秩序さで本が並べられていた。飾り気のない装丁の書物が高々と山積みにされ、あちこちでコンピュータの塔に立て掛けられていて、白茶けた表紙の種類豊富な小説と小説の隙間にマウスが巧みに潜り込んでいる。見えない糸あるいは力によってさまざまな高さに吊り下げられ、本の小口の上を不安定に回転する小さな円盤《ディスク》、それらの目が眩むような銀色の表面を、動きまわる光がスクリーンから跳ね返り、回折《かいせつ》し、虹色に輝かせていた。

ピラミッドが輝く、万華鏡のように。電子《エレクトロニック》的な夜の底から出現した映像《イメージ》がすばやく表面で波打ち、絶えず切り替わる絵画の陳列室、仮想的《ヴァーチャル》な偶然性の美術館を作り出している。コンピュータはデジタルカセットと同じように次々と繋ぎ合わせた0と1の輪を記憶装置《メモリ》の中で拾い上げ、まやかしの絵画を一ピクセルずつ再構成するために、その輪を回路の秘密の暗がりで分散していた。ゴーストは薄れてゆき、やがて一秒毎に凝集し定着する。束の間現われたいくつかの顔には、かつて美術館の展示室で偶然見かけた肖像画の面影が認められたが、その他の顔からは何も思い出さなかった……。肖像がばらばらになり、顔が消滅して夜に帰ると、入れ替わりに暗がりから別の顔が現われてスクリーン越しに滲み出し、私の前にあるガラスを突き刺さんばかりだ。この高慢な若者たちや、輝かしい悲嘆のうちに硬直したこの老人たち、束の間の美しさに輝くこの女たちを神秘的に、虚しく追悼するために、横顔、正面、四分の三正面の肖像が横並びに現れては消えていった。見知らぬ男たちの肖像、見知らぬ女たちの肖像、どの肖像もこの肖像も名前を失い、肉体上の類似は崩れてしまった。

　白墨の線を跨いだ時と同じように、安心や落ち着きはすっかり消え去っていた。新たに何かをやってみることもせず、残酷な衝動もまったく感じなかったが、この日の朝にふたたび確信した失望と虚しさが魔法にかけられたように立ち上がっていた。私がひしひしと感じた胸躍る恐怖は、いまは遠きあの駅で地面に浮かび上がった輪郭、あの輪郭の中心に入った時に感じた恐怖とまさに同じものだったけれど、あの時の恐怖から深い祈りを聞き取ることに私は失敗したのだった。だが、汚らわしい階段の下で殺された男の抽象的な輪郭《フィギュール》と、肖像画が呼び起こすこともできぬまま追悼する見知らぬ人間たちの顔《フィギュール》は、なぜ私に霊感《インスピレーション》と同じ不安を、さしたる理由もなしに私に再びのっぴきならぬ不在を与えることのできる不安を、いずれの出来事においても感じさせたのだろう？

　実のところ、そのとき私のなかにこうした強迫観念が呼び起こされたのは恐怖が原因であり、この恐怖が、免れることのできない本質的な亀裂を示すことによって強迫観念が喚起されたのだが、この強迫観念が現われるのは次のような時に限られていた。すなわち、強迫観念が身体の形式とそのアイデンティティの直接与件との間にずれを知覚して、ある心的状態を作り出すに至る、といった時であり、この心的状態だけが、虚無の兆しについてわれわれに深く考えさせることが可能なのである。この強迫観念は、存在の偶然性によってのみ実質を持ったのであり、私のもとには決して到達しなかったのであって、結局のところ自己への現前とか、直接的な関係の直観といったものの外部でばかりいつも出現したのであり、アイデンティティというまやかしに類似する人間の顔が不足した時にはいつでも出現したのだ。肉体や名前の儚さ、肉体や名前についての記憶の儚さ、そして、肉体や名前や記憶が解体することの影響力を、強迫観念だけが私に明かすことができたのだった。

ピラミッドの中央で、スクリーンは頑なに暗いままだろう、だがその暗さは一様ではない。動いている。急に現われた顔の暈のなか、同時に露出過度が起きて白くなるまで融合する顔によって引き起こされた光の爆発のなかで、空白のスクリーン上にすばやく滑り、重なる私自身の顔が見えた。単に偶然映ったのか、それとも、隠しカメラか何かで撮影され符号化されたイメージが、コントラスト不足のせいでその時まで見えなかったのだろうか？

私はレストランの扉を押した。早すぎただろうか？　遅すぎただろうか？　手持ち無沙汰な従業員たちは空きテーブルの迷宮をさまよっていて、私の存在に気づいて近づいてくるまでに長い時を要した。私はガラス窓の傍の丸テーブルに着席し、そこから通りを眺めた。あの夜私に私の天職を明かし、その意味を示してくれたはずの表徴《シーニュ》は、あの時、増えてゆこうと心がけているかのようだった、というのは、私のテーブルの準備をするために戻ってきた給仕長が、一人分ではなく二人分の食器を並べるのを目にしたからである。私の前と向かいに、皿、グラス、銀食器、ナプキンが置かれた。ある東洋の物語のなかで、自分のために予定されていた祝宴が自らの分身によって挙行されるのを見るカリフのように、私はじっと黙り込んで、蝋燭の仄かな光を凝視《みつめ》た。その蝋燭は、テーブルの中央、もう一人の会食者のために用意された空席に、給仕長がカチリとライターを点けて灯したのだった。

私は夕食を終えた。向かい側にあるナイフ、フォーク、ナプキンは手つかずで、誰も満たそうなどと思いもしなかった二つのグラスと同じく、向かいの椅子も空いていた。ごく稀に通りかかる人々が背後に引き摺っている影がこの誰もいない場所に滑り込み、重さを持ち、危うくそこを満たしそうになった。通りに張り出している庇の縁飾りが風のせいで捲《めく》れあがりはためくと、影と光の流れが通りに寄せては返した。車のヘッドライトが歩道のすぐ脇に駐車された乗り物の列に沿って動き、断続的な光でその薄闇を揺らしていた。

勘定を済ませ、エスプレッソを飲み終えると、座ったまま私は向かいの空席やそこへ落ちかかる通りの影、脈打つ光の震えをしげしげと眺めていた。影が一つの形を取るのを待っていたのだ。

人物というこのフィクション、それを構成するものの一面が、私の目の前で三つの異なる出来事に分割されたいま、殺人の必然性が明らかになったのであった。フィクションの一面、ただそれだけだろうか？　はるかにそれ以上のものだろう。身体の世界にも記号のシステムにも属さない何かは、その二つよりもさらにいっそう偶発的なのだ。顔のない粗布の形や、肉体と名称の幻から解放された肖像、いかなる形も具現化することのない空席を見た時に私の裡にふたたび呼び起こされたあの強迫観念、あれは乖離しか糧とせず、強迫観念はただ乖離の中でしか死と、死の冷酷さの原則を見出さないのである。強迫観念は活力を失ってしまう、小説が成就する時に、偽善者らの憐憫によって損なわれる世界の狂ったような乱暴さを熟考する時に、そして噂の中心となる犯罪、愚かさが悪巧みと状況の断片を用いて構築する犯罪が露見する時に。愚かさがそうした断片に割り当てる実用的な目的、多くは金銭ずくの目的に適うものだけしか愚かさは断片に保存しないで、愚かさはその断片からなおも利益を引き出すのである。

ところが、身体と顔と名前がばらばらになり、離ればなれになろうとすると、たちまちにして、意識の縁から遠いところに非常に大きな努力で隠され、押しやられていたかすかな偶然性が表に現われ、長い時にわたって封じ込められていたけれども、すっかり封じ込められていたわけではなかった非人称が溢れ出し、侵入するのだ、自らに放られた地獄の渡し賃《オボルス》を受け取りながら。

私はあてもなく歩いた。ひっくり返り、山積みになったゴミ箱から湧き出した鼠たちは、私が近づくと逃げ去った。夜は冷たく、ナトリウム灯の光で橙色に染まっていた。二つの通りが交わるところで立ち止まる。私がいる角の斜め反対側の角に赤い煉瓦の建物があり、一階の扉と窓は灰色のブロックで塞がれ、落書きと縞模様で覆われている。その上ではニックネームや秘教的な署名が重なり合い、覆い合い、打ち消し合っている。二階から最上階まですべての窓が閉ざされているが、落書きはなく、同じ白いカーテンが掛かっていて、中央が細紐で束ねられたカーテンは砂時計の形をしているかのようだ。くびれの両側に吊り下げられたランタンが窓の中ほどで揺れていた。どの窓枠も同じように飾られ、照らされて、同じ闇のなかに閉ざされていた。内側には影も光もない。夜警のいない夜の見張り。きっと、私を除いては……。

存在は自分の名に備わっている形態を持たない。かつて墓石の上に書かれていたしかじかの名は、その音節のあいだに、洗礼名を授与された日に発せられたすばやい息や鋭い声を含んではいない。とはいえ、名前とは多くの場合、ある存在がわれわれに残す唯一のものであり、それも彼が死んだ時ではなく彼が存命中に残すものである。したがってわれわれは乖離を前にしていささかも自由ではないのであって、われわれは乖離を自分の思惑通りにするべきではなく、むしろ、それはわれわれに先立って存在していて、普遍的であると同時に隠れているのだから、そしてわれわれは一箇の芸術作品のために物事をなすのだから、その乖離をわれわれは明るみに出さなくてはならないのだ。われわれにとってもっとも恐ろしいにちがいないもの、普段はわれわれにとって注意深く秘されたままのもの、仮借なき非人間性、死を、明るみに出すこと。電撃的な出来事のうちにわれわれが予感することができた死は、私たちが努めて信じようとすること、偶然によって死の真実の姿が明らかになる際にこの上ない恐怖に満たされるということとは、あまりにも異なっている。

われわれが人物と呼ぶものは、身体と名前との間の一定の結びつきであり、いくつもの規則からなる複雑な体系によって作られる結びつきなのだが、その体系は偶然性を抑制すると主張しているだけにいっそう偶然性の影響を受けやすく、結びつきは解《ほど》けやすいので、その繋がりを二重にするために、殺人者はその繋がりを解《ほど》かなくてはならない。殺人者が現実の身体とフィクション上の名前を取り上げ、あたかも戸籍においては法に基づいた唯一の洗礼が身体と名前を結びつけて命名するのと同じように、犯罪計画においても結びつきを定め、それらを素晴らしい犯行がつくる輪、それだけが必要なものなのだが、そうした輪で身体と名前をしっかりと結びつける瞬間にしか、完全犯罪は始まらないだろう。したがって、殺しの技法《アート》とはすべからく、われわれに共通の偶然性と非本質的なアイデンティティを暴き、そのようにして超越性というまやかしをわれわれの精神からきっぱり取り除くことを可能にする枠としてのみわれわれが殺害する人間を利用する、というものなのである。

私はこう言おう、芸術の残酷な法則とは、人間が死ぬということ、不滅なるまやかしの紙ではなく、創造的な忘却の紙が散るために、あらゆる偶然性を使い尽くしてわれわれ自身が人間を殺すであろうということなのだ、と。創造的な忘却の紙とは、儚い作品と戸籍台帳を実に丁寧に綴じあわせた紙なのであり、そこに記載された幾世代もの人々は紙の上で微睡んだのだ、その下で不寝の番をしながら自分たちを待っている乖離のことは気にもかけずに。

オルフェオン

「サン＝ルー〔聖オオカミの意もある〕夫人」が回転木馬のロンドを奏でる手回しオルガンの音に合わせて姿を現したのはある澄んだ凍てつく春の午後のこと、公園にやって来た私が、季節ごとの風雨や鳩の侮辱に晒されて緩慢に腐りつつある木と鉄でできたベンチに斜めに腰掛け、風化してすり減った二匹の石の怪物に守られた小さな鉄の格子門の真ん中のあたりを見張っていると、大昔の機械的なメロディーがおぼつかなげに流れ始め、それを合図に回転木馬が動き出すのと同じタイミングで私は人の数を数え始めた、そして馬が正弦曲線のコースをがたつきながら駆け出してから三十七番目に一人の女性が門扉を押した——その女性は、手をつないで連れた女の子が後をついて中に入るまで少しの間、扉を支えてあげていた。

彼女よりも前にその他三十六名がその隘路を通っていったが、この公園に自分たちが入ることで加速する運命の足し算があるとはゆめ疑いもせずにその他三十六名は散らばって行った、花びらの落ちた月桂樹や冬の間に傷んで黄色くなった柘植《つげ》の茂みのなかへ、水のない大きな池と干上がった噴水の周りへ、輪っかや羽根、マシュマロ、ビー玉、転写シール、コーラの小瓶などを商う窓のついた売店の砦の間へ。だが彼女は三十七番目だったのであり、こうして選ばれたことによって彼女は即座に平凡な背景からくっきりと浮かび上がったのだった、追いかけているものはアイデアなのかスズメなのかそれともひらひら飛び回るスイセイ蝶なのか分からない、といったような上の空の散歩者や歩行者たち、最新流行の靴という危なげない勝利を足に履いて胸元をはだけた速歩きの人々、それにプラスティックとマジックテープで関節を補強したローラースケーターなど、この公園にひしめく人々のただ中で、彼らに特別な敬意を求めることなく姿を見せてもよいと彼女が了承したことに私は感心していた、といって、誰も彼女に敬意を払おうなどと思いもしなかっただろう、それほどまでに、彼らに対して彼女を包み隠していたお忍びは深遠なものだったのだ。私の眼差しだけが彼女を見分け、その姿を追ってゆくと、彼女はベンチに腰掛けてそこから赤いフードを被った子どもを見守るつもりだったが、子どもはとうに逃げ出してはしごを攀じ上ったり、平行棒にぶら下がったり、自治体の配慮によって必ず砂場の一隅に設置される入り組んだすべり台を滑り降りたりしようとしていた。

似たような通行人たちからなる夥しい数の群衆から、私の頭のなかだけで行われた操作によって引っ張り出され、連れ出され、捕捉された女性は、矛盾する人間だった。彼女はあなたが真正なる無作為の選定によって識別する特殊な存在であるが、あなたが彼女に近づき包囲してしまうまでは、あなたに引っ張り出される前に自分を取り巻いていた環境から、ニュアンスの多様性や魅惑的な曖味さを依然として保っている。私たちがよく顔を合わせる人々は、日常生活において自分の欠点や身の上話をわれわれにすっかり明かし終えているものだが、私たちのよく知らない人々は私たちをそうした日常生活から離れさせる力をもち、私たちは彼らのことを何が何でも知りたくてたまらないという状態に陥ってしまう、そして彼女は、未知の人々がもつそうした儚さをまだ持っていたのだ。

　神々にとって、自らと同じようなものはすべて直ちに知覚可能であるが、それが最も鋭敏な人間たちに理解されるのは神々が自らの本性の神秘的な徴《しるし》をお示しあそばされた後であり、また、厳格な占いによって他の人間と変わらない個人の無地の表面に、俗人の目にはまだ見えないインクで書かれた文字が出現した後なのであって、その文字を繋ぎ合わせると「サン＝ルー夫人」という名前になるのだが、これは消え去った小説のなかの街《フォーブール》に住む在りし日のスノッブたちにとって愛着がある名前だ。一種のメネ・テケル・パルシン〔旧約聖書で予言者ダニエルが読み取った神の言葉〕であり、白紙《タブラ・ラサ》の上、通りすがりの女の身体のつるりとした表面に、収縮と裂開が書き込まれる。その時、他の存在が彼女に結びつき、馬そのものとなった名騎手のように、彼女を他の女たちと区別する。この存在、通りすがりの女と一つになったこの存在に、私だけが気づいたのだ。今や抽象的なものは実体化したのだから、ついに名づけられた存在は不可視のままでいる能力をたちまち失ったのである。その見知らぬ女性をサン＝ルー夫人とする、という兆候は実に申し分なく現われたので、さもなくば私の精神にとってどうでもよいと思われたであろうすべてのものが大きな意味を持つものとなった。まるで一つの文章が無作為に並べられた文字としてバラバラになっている間はどんな意味も持たないのに、もし文字がしかるべき順序にふたたび配置されると——ひとたび秘密の数字が適用されると——それ以降はもはや実施する以外にない判決を表すといったように。

私は殺すつもりで目をつけた彼女を獲物として見張っていたが、にもかかわらず、まるで神話の中の生き物、ニンフや女神を花の蔭から不意に取り押さえようとする人間が抱くような、別種の喜びを思い描いているのだった。

見ていると彼女は持っていた鞄から一冊の本を取り出したが、それはきっとここへ来る前から——変身を遂げる前から——読んでいたものにちがいない、なぜなら、彼女自身は気づかなかったが、ページの間から色鮮やかな栞が落ちたからである。私と彼女の距離からすると、もしもぼんやりと見ることができたにしても、彼女が読んでいる本のタイトルを判読することは望むべくもなかった。その彼女は、本のページから砂場の方へ視線を上げる間隔が段々と長くなってゆき、小さな女の子はきっと一人で何度も滑り台を滑るのに嫌気がさしたのだろう、子供時代を残酷に学習する微妙な交渉のうちの一つに身を投じたが、その交渉を通じて、ぴいぴい騒ぎ立てる喧嘩っぱやい小グループが砂場で取り行っていた仲間うちの典礼、すでに開始している勝負に参加しようとしていた。

「サン＝ルー夫人」の読書は途切れがちになっていった、上の空な読者だ、そして頭を後ろへ傾けてベンチの背に凭せかけ、ちらちらときらめく微かな陽光に顔を向けた。まだ手にしていた本は鼠蹊部まで滑り落ち、ときおり本のページを揺らすそよ風のなか、組んだ脚のところに羽を震わせた蝶が何かの花の蜜を味わいにやって来たかのように見えた。

砂場では子どもたちが喧嘩していた。一人のちびっ子が、女の子が遊びで獲得したビー玉をその手からもぎ取ろうとしていたが、女の子は取られまいと背中の後ろに隠していた。男の子は女の子のうなじに両手をまわして、肩に垂らしてあった三つ編みをはねあげた。二人は取っ組み合って争い、彼はビー玉を引き寄せようとし、彼女は抵抗する。奮闘したせいでほてった女の子の頬は赤く、被っているフードのような艶やかな光沢をしていた。彼女はくすぐられているかのような笑い声を上げた。

おそらくもうじきサン＝ルー夫人もこんな風に私と争うだろう、公園の片隅の、月桂樹の生け垣の後ろや、人間がスフィンクスのようにうずくまる四角四面な石づくりの部屋の迷宮のなかで、そこでは、どのような偽侯爵夫人も、頬に白粉を塗りたくったアリアドネも、もはや番をしてはいないのである。彼女のやわらかく彎曲した頬の表面は金褐色の髪の最初の山襞のふもとに消えていたが、そんな薔薇色の美しい円球の上に私はまなざしをすべらせながら、われわれが生存中に他の事物や人間を自分の領域に通過させうる回数というものは、そんなに多くはないのだと思い、私がすべての顔、体のなかから選びとったこの顔、体を、遠くへだたった領域から引き出そうとした後で、新しい場面に運ぼうとするのだったが、そこでいよいよこれから殺人によってその体のことを知るだろうし、表面をさまようことをやめて、入り込めない未知の存在の仕切壁にぶつかるだろう。

およそ精神の活動というのものは、その活動が現実に属していない限り楽なものだ。子どもたちが熱心に遊ぶ光景を目にして脱線した夢想は、保身に心を砕く殺人犯が抱かなくてはならない用心には頓着しなかったため、サン＝ルー夫人を森の奥へ誘い込む方法について、私はまったく気にしていなかった。私は歓びの味を知りたくてうずうずしていたので、その真実らしさなどに手間取ってはいなかった、だが私の歓びは、妨げとなるものや大義、策略、偶然、戦術など策士が戦《いくさ》に加わる前に順序立てて並べるべきあらゆる行程を飛び越えてしまった。そうしたすべての上を私は飛び越してしまい、両手と両腕でよじ登り後ろに押しやろうとする低木のように彼女が私を両脚の間に挟んで締めつけ、その間にも彼女の喉の周りを私の手が締めつける、というような瞬間に向かって想像力を働かせ精神を張りつめた。時間と場所を入り組ませ、せっかちに彼女の仕草を組み立て、つくろい、一挙手一投足まで体勢を組み立てたが、そうした妄想は快いものだったので、新たにその題材《モチーフ》を手直しするために、考え出すや否や取り消した。私は怒りも憎しみも感じずに彼女の不意をつくだろう、肉屋のように、岩を打ったモーセのように。そして彼女の瞼から苦しみの水を湧き出させるだろう〔モーセが岩を打つと水が湧き出したという旧約聖書のエピソードがある〕。希望で膨れ上がった私の欲望は彼女の塩からい涙のなかに沈むだろう、まるで未知なるものの奥底へ沈むように。

　しかし、このたった一人の若い女性はいくつもの顔をもった女神のようになって、私が最後に見た一つの顔を繋ぎ止めようとしても、また別の顔に取って代わるのだった。取り乱した横顔。撓《たわ》んだうなじ。噛み傷の下をうつ青みを帯びた動脈。快感による息切れという幻想を抱かせる、喘ぐ唇。恐怖の表情を浮かべた仰向けの顔は、太陽の愛撫に対して与えた官能的な顔と比べると線のごくわずかな傾きの分しか違わなかったが、そこには怪我人に止めを刺す人間と助ける人間、崇高な肖像と凡庸な肖像ほどの隔たりがあった。暗鬱で澄み切った差し向かい。私がそれに触れなかったあいだは、その顔は、私の目に見えていた。突然、私の目はその顔を見ることをやめた。私たちは水の緑色の光のなかを転がり、海底の砂床の上にいるかのように一緒になって絡み合い、跳ね返って苔の生えた岩にぶつかるのだが、その岩のところで私は、暗い洞穴の入り口で私から逃げられるという希望を彼女に与えながら彼女を押さえつけるところを思い描いて悦に入るのだ、ネレイス〔ギリシャ神話に登場する海の神〕となった彼女、私の瞼のなかで浮かんでは沈むヒッポカンポス〔ネレイスが乗っている海馬〕たち、海の燐光のなかの浮沈子たちに囲まれている彼女を。彼女は魚になり、人魚に、波に、泡になり、私の両手の間を滑るように動く。

　不意を突いて捕らえようと思っていたニンフを追いかけ、滑るように進んでいた半水中の深みから脱け出した両目がふたたび光を見ると、砂場でわらわら動きまわっていた子どもたちの姿が消えていて、ベンチには人影がなく、回転木馬は停止し、その上に冷たい霧雨のカーテンが落ちかかっていた。

　われわれの空想とは、いつも指定された旋律とは別の旋律を奏でる調子の狂った手回しオルガンに過ぎず、逆向きに音を鳴らす哀れでイカれた古琴《オルフエオン》〔クラヴサンに似た古楽器。語源は「オルフェ」〕なのだ。獲物は影の王国へ逃れてしまった。そこへ彼女を連れて行けると思っていたのに、そこで私は迷子になってしまった。シェヘラザード！　私だけのサロメ！　私は自分で拵《こしら》えたおとぎ話で悦に入り、自ら振り付けたダンスに魅惑されたのだった。

　雨ざらしの砂場にそびえ立つ二つの山の谷間で、透き通った金色の瑪瑙《めのう》を見つけた。私はそれを拾い上げ、取っておいた。掌の窪みの上で転がす美しい虜囚、いつものようにほど好い時間に床に就くときに寝台のなかで凝視《みつめ》る、玉虫色に輝く狼目石《ウルフズアイ》を。

深い淵の底まで大胆に沈み込んだところでそれが何だというのだろう、もしも見知らぬ女をおびきよせることもできず、砂底にばらまかれているのはビー玉だとか半透明の小さな化石だけで、キュクロペディア〔キュクロプスとサイクロペディアのかばん語〕的大殺戮の黒々とした岩塊を見つけることもできないのならば、甲斐なきこと。たとえ狼目石を二十個も、百個も持ち帰ったとしても、だからといって私の仕事が捗るわけではなかろうし、私の天職の虚しさが減じるわけではなかろう。であれば、寝台の外に出て現実世界に身を投じたからとて何になろう？　ターゲットを確保し、拘束し、止めを刺すことのできない殺人計画の不毛な愉しみのために、私の想像力が影の王国の中に溶かして消し去ってしまう獲物を追いかけて、日々時間を費やしたとて何になろう？

自分の作品《しごと》のあるべき形を発見したいまとなっては、私は自分が想像力の事故にさらされていることに気づいていた、その事故は、かすかな衝動を（私の若い頃可能だったように）刺激するどころか、いまやあり余るほどで、私の計算された決定をあっという間にはみ出し、私の判決の実施を不可能にする恐れがあった。

世界という舞台、殺人の現場において、われわれが最も役に没入した役者であるという瞬間においてさえも、あらゆる行為は二重であり、半分はわれわれだけが支配下に置いておきたいと願う対象のなかに包み込まれていて、もう半分はわれわれ自身の内部に伸びている、前者はわれわれが身を捧げるべき唯一のものなのだが、われわれは早まってこの部分をなおざりにしてしまい、内部にあるためにひとりでに深まってゆき、自分にとってはどんな疲労の原因にもならないような後者の半分のことしか考慮に入れないのだ。断末魔とか大虐殺の計画がわれわれの内部に刻みはじめた小さな溝を延長しようと努めるのは、あまりにも困難だと感じる。しかしわれわれは蓄音機の手回しハンドルを巻き直し、傷のついたレコードを再びかける、そしてついには、それを犯すための忍耐を持たない殺人から逃避しながら、その想像力という名の逃避のあいだに、小説や三面記事にもっとも精通した愛好家と同じように、また同じ程度まで、われわれもまた錯乱するだろう。

私もその程度にとどまり、計画を何一つ完遂できず、無実で無力なまま老いてゆかなくてはならないのだろうか？　犯罪の独身者、強迫的な窃視者、現実逃避的な読者のように。彼らは未婚の女や臆病者のもつ悲しみを味わうが、そうした悲しみを癒やすのは、罪か危険であろう。彼らは犯罪に関することとなると、真の犯罪者以上に高揚する、というのも彼らにとってその高揚は、実行に移す辛い努力へのはずみとはならないからで、高揚は内部により集まり、想像力をかきたて、意志を抑制するものだからである。高揚はきわめて無害な会話にさえも無益に逆流し、話が犯罪や暴力、虐殺のことになると、彼らに大げさなジェスチャーをさせ、顰め面をさせ、かぶりをふらせるのだ。この操り人形たちが映画館に行ってきたと話すのに耳を貸してみたまえ。映画は彼らの関心を引かなかった……。夫は妻と愛人にばったり出会う……。ああ！　いやはや！　どうも変だ！　彼らがそこに見るものは娼婦の神である、なんたること、これは醜悪だ、虐殺だ、だが、これはとんでもない、非人間的だ……。平凡で感動的な非人間性……。暗黒映画《フィルムノワール》に出て来る三面記事が、白髪混じりになって気難しくなり、心満たされなくなったこの無実の愛好者、犯罪の独身者とでもいうべき者の人生を横切るのだ。

とはいえ、どれほど彼らが滑稽だといっても、頭から軽蔑すべきものではない。彼らは殺人を喚起しようと欲する社会の最初の試作品なのだ。こうした意志薄弱で手足の不自由な愛好家たちはわれわれを感動させるに違いない、なぜならそれは最初期のミサイルに似ているからで、空に飛び上がることができず、秘密のノウハウを欠き、なお開発の余地があるとしても、そこには破壊の欲望があったからだ。「ところで、きみ」とあなたの腕を取りながら愛好家はつけ加える、「僕はね、これを見たのは八回目なんですよ、週の頭から数えると、でもこれが最後じゃないってことは誓ってもいい」そして事実、彼らは暴力から自分の妄想《ファンタスム》を生み出すものを見据えていないので、決して自分の無能さをカバーすることのない激しい欲求の虜となって、絶えず邪悪な残虐さを必要としているのだ。テレビ漬け、映画狂《シネフィル》、推理小説マニアといった人々は、同じ三面記事の続きに長い間同じように大喜びするだろう、しかもその熱心さ（ある人にとっては埋葬とかコレージュ・ド・フランスの講義に出かける熱心さと同じように）、捜査や審理、次いで訴訟という展開を追う自身の熱心さによって行為を実現すると信じながら。次に、政治的なものであれ、映画または地方においてであれ、以上とは別種の虐殺の波、世紀の犯罪の波がやって来る。というのも、学説や憎悪、流行を発表する能力、とりわけそれらに与《くみ》する能力というものは、玄人の間でさえ真の趣味よりもこのところずっと広く普及してきたからであり、しかも、ラジオやテレビ、インターネットなどイメージや長話を格納するあらゆる種類のボックスが悪口や小話、討論、ニュース、連続ドラマ、ドキュメンタリーを吐き出しつつ多様化してからというもの、そうした能力はさらに著しく普及しており、これらメディアの多様化と同時に偽りの天職をもつ殺人犯や犯罪者も増加している。したがって、大衆の最良の層、最も良識に反する層は、犯罪に関してはもはや政治的、社会的、さらに宗教的にも大きな影響を与える殺人しか好まなくなっているのだ。彼らはそこに犯罪の価値基準があると考えて、またしてもモースやデュルケム、ロンブローゾらと同じ誤ちを犯してしまう。テオドール・カジンスキー〔ユナボマーの本名〕よりもそちらの方を好むのだ、カジンスキーの最も気の利いた攻撃は、ただ単に優雅さ抜きで殺すという理由だけでより正当に見える殺人の中にあって、実際にはさらにいっそう大変な緻密さを要するものだったのだが。彼の殺人戦略の複雑さとはまさに知識人や数学者の所業であった、とポピュリストたちは言い、そのようにして知識人や数学者に過分な敬意を払うのである。

感受性の跳躍はわれわれの一連の行為や天職の探究にほとんど影響力を持たないということ、それに、形式的制約の尊重、計画への忠実さ、犯罪の実施、美学の遵守などは、熱烈だが不毛で刹那的な激情よりも、盲目的な習慣の方により確かな基礎を置くということを、私はいまや経験から知ったのだ。明日から、そして今度こそは方針を持って、ふたたび自己の外へ出ることに心を決めた。殺すべき獲物を追いながらぼんやりした想像に身を任せて注意を反らせるようなことはもはやするまい、というのも、自分の仕事を遂行するという義務は、私の甘っちょろい空想に優先しているからであった。私が実に長いあいだ欠いてきた空想、その空想は、きっと繰り返し現われることだろう、天職のないまま長らく続いて来た私の荒涼とした人生が終わろうとしているらしい時にうねりをなして流れ込んでくるだろう、そしてそんな時、かつて私が空想を持たなかった時に強く感じたのと同じ、絶対的な緊急という特徴さえ持つだろう。それでも、忍び込み、私を襲撃しにやって来るであろう空想に対して、私は勇気を出してこう答えるだろう、私が表明するべき本質的な物事のために、のっぴきならぬ、大事な、キマイラ《たくらみ》との会合を控えているのだ、と。

私が空想を遠ざけるとしても、それは空想に実体を与えるためであり、私が空想を自由に動き回らせながら空想を追いかけることができなかったとしても、それはもっと空想を徹底的に追いかけるためであり、空想の真実の姿を明るみにだしてやるべく努力するため、空想を現実のものとするためではなかっただろうか？　残念なことに、自己に閉じこもるという習慣と戦わなくてはならないのかもしれない、もし習慣が犯罪の構想を湧き立たせるとしても、習慣は犯罪の実行を遅らせるのだから。そして例もなく、内在性もなく、身を捧げる空想もなし、というこの厳しい禁欲のせいで自分が不幸であると思うどころか、私は次のようなことに気がついたのだった。精神高揚のための力を想像力として費やすのは、いわばお門違いであって、そのやりかたでは、何も得るところのない平凡な妄想《ファンタスム》を目指すことになってしまい、また、そもそも精神高揚のための力はわれわれを実現に導くものであるのに、その実現から逸れてしまうことにもなる、ということに。

もはや一人たりとて殺《や》らざる日はなし。

ひらけゴマ

今日は青空市の立つ日、読者のあなたをお連れしましょう。どこへかって？　ピラミッド形に山と積まれた、一番みごとなアスパラガスの前へ。でも、何をしに？　われわれの次なる犠牲者が現われるのを待ち伏せに。私たちの作品に風味を添えるため、薄紫と蒼色で丹念に細かく描かれた、食べることのできる美味なる妖精の穂先に、一人の女性を指し示してもらいましょう。あなたにお約束しておいた残酷な饗宴で、その女性を供犠として捧げるのです。

フランソワーズは柳の細枝で編まれた肘掛椅子から（にわか雨で椅子が傷むことを恐れて）戻ってきたところで、小説の六十七番目の文、すなわちサン＝ルー夫人の三十文後に登場する。もし私がサン＝ルー夫人をつつがなく仕留め、彼女の存在を指し示すすべての記号をテクストから削除することができていたならば、フランソワーズは六十四文目に柳の肘掛椅子とともに登場しただろうし、にわか雨はもっと早くに降り、アスパラガスはもっと早く育っただろうに。

じっとそこに立っていましょう、壁に背をもたせて、単彩画《グリザイユ》のような灰色の壁にできるだけ溶け込けこむようにして。そして、少し斜交いから視線を釘づけにするのです、私たちの野菜のこの世の物ならぬ肉体、目印となる野菜の束に。押し合いへし合いしながら店頭と陳列棚のあいだを縫って通りを駆け下りて来る群衆のなか、最初は流れていた人波がネバネバし、やがてドロドロと沈滞するところで、私たちは押し流されてくる人々を目で追い、アスパラガスの虹色の輝きを受けた照準の手前で列に並ぶグループを見ながら頭のなかで数を数えて番号を振るのです。

そのとき、八百屋の呼び声やばら売りされる輝かしい食べ物など、私たちの子ども時代の作文やあなたが偏愛する小説によって祝福された、画趣に富んだ光景の全体が消滅する。あなたの目の前で、耳許で、鼻先で、すべてが逆流し、まるでそこが人気《ひとけ》のない砂浜の上であるかのように、一つの肉体、たった一人の「フランソワーズ」が打ち上げられる。彼女に追いつき彼女を掴まえようと必死になったあなたが、急き立て、押しのけ、ぶつかった通行人たちは、岩や壁、流木の幹、腐った桃の実、レタスの山、雌鼠の群れ、青い果実、泥つき野菜のように個性を持たない。この点において、殺しの欲望は恋愛における欲望と同じだ。つまり、世界から人間を消してしまうのである。私たちが追い求める唯一の肉体のイメージは、まるで私たちの瞳の中に沈み彫り《インタリオ》されたかのようで、ただそのイメージだけが眼差とともに揺れ動き、そのイメージだけが感覚を揺り動かすのだ。

あなたには「フランソワーズ」の後姿しか見えない。彼女はあなたのオルフェウス。責め苛む時間の輪が回転を止め、純粋物質の岩山はみずからのシシュフォス的落下を食い止め、あなたはわが身の空腹を忘れる。昏き世界と無関心な人混みを横切って彼女の後を追うあなたは、ただ一つのことだけを危惧している。それは、彼女が振り返ること。彼女の眼差によって魔法が解け、あなたが混沌とした人波のなかに消滅してしまうこと。いや、彼女は歩いている、柳の籠を手にして次から次へと売り場に立ち止まるその道行きのすべてがあなたにとっては栄えある十字架への道であり、それと同時に、胸苦しい不安をかき立てる道でもあるのだ。

とうとう彼女が群衆を運んでゆく流れから外れ、雑踏とは別の道に入ると、あなたの体を引き留め、吸い込むかのような雑踏から、あなたもまた何とかして抜け出さなくてはならない。彼女の足跡をたどる大航海は静かな小路を進んでいるが、わが読者の感覚からすると、まだ到底無人とは言いがたい。あなたには度胸がありませんね。

彼女を怯えさせることなく接近するため、反対側の歩道から追跡する。

突然、彼女はある建物の扉を押した。そのときちょうど通りかかった車のせいで、あなたは道路を横断できずに遅れをとった。しかし、彼女が胸の高さにある郵便受けから中身を集めるのを見て取るだけの時間は辛うじてあった。あなたがやっと建物のエントランスのひんやりとした薄闇へ入り込んだ時には、獲物は既に閉ざされた内扉の向こう側だろう。あなたは悔しがり、いつか私がちらつかせた犠牲者のうち、だれか一人でも、自分の足元でふらふらと倒れそうになっているところをページ上で見たいという望みを、この時点で完全に捨ててしまうのではないだろうか、読者よ。だが、そうだとすると、あなたは夢のなかの殺人や映画における凶行を望んでいるということになる……。あなたのために私が指で差し示さなくてはなるまい、あなたの空《から》っぽの胸の高さに並んだ郵便受けのなかで、たった一つ空《から》のポストを。そこに書かれた名前はきっと偽名で（私と同じようにあなたも文字を読むことができる。名前は略さずに、少し古めかしい書体《フォント》で「マダム・ポーリーヌ・ファム」と記されている)、この名の下にフランソワーズが隠れているのだ。

入居者の一覧、縦に並んだインターホンのボタンの脇に一つひとつ貼られている小さな柱に似たラベルの前で悔しがるあなたを残して、私はこの辺りの家を見まわってきましょう、その間あなたは、私の目的を達成する方法について考えていることです……。そうはいっても読者よ、狼狽してそこに立ち尽くすあなたに誰かが目を留めるかもしれない、そして、この建物のエントランスには、黄ばんで角がちぎれた張り紙という手段によって、訪問販売や戸別セールスが禁止されていること、そうした行為が厳正なる法の適用を受けることが明示されています。あなたは罰金を払わされるかもしれない。流石《さすが》にそれはなくとも、犬の散歩に出かける住人の誰かが通りすがりにあなたを疑うような目でちらりと見るなどということも――気のはやる犬に綱をグイグイ引っ張られながらも――ないとはいえない。飼い主はあなたの顔つき(凶悪だ)や顔面角《がんめんかく》(大きい)、顎の形(たるんたるん)、服装(地味とは正反対)を心に留めるでしょう、そしてもし不幸な事件が起こるようなことがあれば、町中の交番の壁に貼り出されるのはあなたの似顔絵なのです。

そして起こる《アリーヴ》、その不幸は、起こる《アリーヴ》のだ。「フランソワーズ」が厚めの拍子木に切った豚背脂を牛かたまり肉に(繊維に沿って)刺し、肉を紐で括り(見栄えを良くするために)、子牛の足を湯通しし、人参の皮を剥いて切るだけの時間を残しておいてあげてから、それから行こう《アリーヴ》、行こう《アリーヴ》、彼女があんなに気前よく買い物したのも誰かをもてなすためではないかと思うのだが、そんな他の客たちに先んじて私が彼女の許《もと》へ行こう。

さあ、行こう《アリーヴ》。私は「フランソワーズ」の部屋のインターホンを押し、粗悪なスピーカーから聞こえるザーザー音や、銅線にとり憑く不吉な神々、暗闇でわれわれの話し声を爪で挟んで運びその途中で汚してしまうこの電気ハルピュイア〔ギリシャ神話に登場する人面鳥〕たちがヒューヒューいう音を耳にするや、できるだけ平板な、特徴のない声で、小さな魔法のプレートに向かって来訪を告げる。「私です」と。

素晴らしいゴマ！　そう、私だ。嘘はついていない。私！　私なのだ。摩訶不思議な代名詞！　呪いのような魔法の言葉、この言葉のお蔭で誰でもが、みなが、誰でもない者が一つになり、漠然とした個人、個別的な普遍になる。そして逆にこれを誰彼《だれかれ》は、自分が思い浮かべた人、自分が待っている人に一番近い人だと思い込んでしまう。私には名前がない、だが私はまさに私だ。しかし、あなたにとって、彼女、彼ら全員にとっては、私はある他者、特定の他者となるのだ。

もっとも偽善的なすべての言葉の中でも至上の言葉、隠れた身体を備えた亡霊、これが痕跡も破片も残さずに不法侵入することで、他者が住まう巣窟の閉ざされた扉がわれわれに開かれる。皮肉な神ラレス〔古代ローマの家の守り神〕ないしはラーセン〔デンマークの科学者。ハウリングのことを発見者の名にちなみラーセン効果と呼ぶ〕によって肉体と切り離された声、人々が関わり合い出現させなくてはならない亡霊の、ずる賢い偽装の才に満ちた恐ろしい夜の帳の下で。

後はもうエレベーターに乗って最上階まで行き、そこからエレベーターの深い昇降路のなか停止階を一つひとつ降りてゆくだけでいい。「私」を待つ半ば開いた扉や、「私」のために用意された美味しそうな食事の匂いにも注意を払いながら。

はたして扉は細めに開いていた、そして行儀よく（なんとなれば、私は節度をわきまえているという以上に、まず行儀がいいから。がさつな読者よ、きみは靴拭きマットすら使わないんだな）、当然の振舞いとして扉をこつこつ叩いたが、それは左手で、というのも、反対の手はポケットの中で包丁を握り締めていたからであって、鶏を捌くときに使うような包丁の、よく研がれてひんやりとした頑丈な刃をまっすぐ前腕に沿わせて隠し持っていたのだ。アパルトマンの中からはこんな声が聞こえてきた（あなたも聞いていた）、「どうぞ、入っていて」。私は言われた通りにした（あなたもだ）、それから血統の良い猟犬のように美味しそうな匂いの跡を辿り、台所が見えるところへやって来た。

そこで私が発見したのは（わかっています、わかっていますとも、私が邪魔で見えないというんでしょう、私が視界を遮っていると……だからってそんなに押さないで下さい）まるで壁龕の中の聖人像のごとく、扉の枠のところにじっと突っ立ち、想像していた他者とは別人である私を見て石のように硬直している「フランソワーズ」だった。

それから、窓の開口部を覆うためにカーテンを横にざっと引く時のように、はたまた、見知らぬ人に時刻を尋ねられ、幾重にも重なる袖の下から腕時計の文字盤を表に出そうとする時のぎこちない腕の動きと同じ動作で、私はフランソワーズの喉の辺り、顎の真下で、耳から耳にかけて包丁を一閃させた。

お前は見なかったな、うぶで迂闊な読者よ（いつも最前列に駆けつけてくるこの野次馬根性が！）、血が吹き上がって、俺たちの犠牲者の切断された頸動脈からドクドクと迸るのを。それはもちろん、お前の上に降ってくる。お前の一張羅に跳ねかかるんだ。そんな汚いなりで通りに出てみろ……。なあ読者、おれは別にお前とは知り合いじゃないんだぜ……。誰もかも、お前が屠殺場の溝からひょっと出て来たばかりだと思うだろうよ。

読者よ、俺の読者のお前、もし用心しなけりゃ重罪裁判所行きになるぞ、この俺が言ってるんだ。もし俺の襲撃にどうしても同行したいって言うなら、最低限、お前のそのお召物《めしもの》を読物《よみもの》の色に合わせるんだな。黒い、相も変わらず黒い読物に。黒のなかではすべてが消え、すべてが溶け合い、塞き止められるんだから。

おい読者、逃げる前にもう一回、台所をちらっと覗いてみろ。深い切傷のせいでほとんど胴から離れかけている聖女の頭や、その唇のもの言わぬ痙攣、ほとんど茹で上がったアスパラガスが床の上で棒崩し《ミカド》遊びのように散らばり、殉教者の血の中にとっぷり浸され、甘い香を放っているところをまじまじと見るためじゃない。そうじゃなくて、ちょっと台所のテーブルの上を見てみろ。剥かれた皮のところに本があるのに気づくだろう。いまでさえ酷く汚れているのに、どうしてお前は死んだ女を跨いだりレジャンス風〔レジャンスとはロココ時代初期を指す〕に踵を赤く染めたりするのを怖がるんだ？　近づいてページを見てみろ、楕円形の皿の縁に置かれたゼリーの塊を。透明な石英《クオーツ》でできた水晶体そっくりなゼリーの塊は、大聖堂や寺院、方尖柱《オベリスク》、岩などに見立てて象られ、真ん中には肉の破片が嵌め込まれている。ほら、ガラスのような素材のあちこちで人参の断片がまるで包有物かヒエログリフ、ステンドグラスの意匠みたいになっているのがわかるだろう。貪り食うために用意されたこうした聖なる建造物、内陣や後陣、交差廊、奉納柱を、食い荒らし、口のなかで溶かし、喉の奥に沈めて腹のなかで思考に変化させることを、お前の貪欲な顎は好むだろう……。

涎《サリーヴ》を垂らせ、読者よ、存分に涎《サリーヴ》を垂らすがいい。それから、出て行く時は後ろ手で扉を閉めるのを忘れるな。

Http://www.sinn&bedeutung.inc…

あの小説のなかには、実に奇妙な言葉を含む文がある。そこに行き着くまでのあいだ、紆余曲折する文節の途中で次から次へと目にするものは、部屋、庭、私、ママン、幻灯、祖父……など、要するに、われわれに馴染み深い世界にあるいつもの家具調度だけだった。だが、サン＝ルー、スワン、フランソワーズときた日には、はてさて！　これこそ私たちの心の平安をかき乱すものであり、これだけで部屋、庭、私、家系図といった言葉は打ちのめされぐらついてしまうだろうし、われわれが言語に対して抱いている信用も揺らいでしまうだろう。

実際、クレーマーたるべく生まれてきたプロの胆汁質がごく少数ながら存在していたのであり、彼らは詐欺を糾弾しに行った。貸借対照表にごまかしがあるとか、言葉によって振り出された世界支払いの小切手が不渡りだとか……。しかし、だからといって Words, Words, Words Inc. ことば、ことば、ことば　株式会社の株価は下落しただろうか？　信託会社の中でも極めて高度に資本化された会社が破産する？　考えてもみてください、六十億人の株主のことを！　その全員はわれら、したたかな小口株主なのです……。ピラミッド級の詐欺、地球規模のギガ級ポンジ〔ねずみ講を考案した実在の詐欺師チャールズ・ポンジ〕……。それに、私たちのへそくりの隠し場所は、抵当として後世に譲渡されているのだ！こうしたことすべてにわれわれは甘んじている、なぜなら、私たちは何度もそこで自分が預けたものを借り入れ、掛けで投機的な売買をするからだ、開いた墓に突っ込むほどの猛スピードで。そして、亡霊の命名者として、名簿や索引、人名録、辞書を作成、編纂、参照しながら人生を過ごすのである。

　猿じみたグロテスクから身を守るため、土地を人間と取り違えるということをたぶん意味するのであろう封建的なノスタルジーから身を守るため、そして土地と魂との異教的混同を免れるために、固有名詞は二つの異なる帳簿に書き加えられるのが習慣になっている。これは、役所が不動産登記係と戸籍係の窓口を別々に設置するのとまったく同じことだ。しかしながら、いまわの際に、二つの帳簿のうち一冊がとうとうもう一冊の下に滑り込み、石の上には無効になった名前が刻まれる。墓地を散歩するか、あるいは不在の会員名簿をパラパラめくってみればわかります。人間の固有名は最後には必ず土地の固有名となり、肉体は儚い影像となることが。では、あなたの墓はどうなのか、つまり、いかにしてあなたの名前は永代使用によって小さな区画に刻まれるのか〔フランスの永代使用墓地の期限は九九年〕。けれど、永代とはどんな形態の永遠なのだろう？　あなたは墓に入った時とは別の姿で、じきに墓から出て行くでしょう。

『失われた時』を調査すると、ありとあらゆる人物が見つかる。フィクションの人物、フィクションに出て来る実在の人物、身元ははっきりしないがおそらく実在するのであろう人物、何らかの特徴により個人とみなされる匿名の存在。神秘的だ……。人物と登場人物の関係は、綱と綱具の関係や、肉と贅肉の関係と同じなのだろうか？　それともおそらく、ヒゲとヒゲ剃りの、ミサとミサイル、栗とクリーム、痣とアザラシの関係と同じ？　あるいはさらに、言語と言語活動、テントとてんとう虫、俺とオレンジの関係と同じなのだろうか？

プルーストの小説は広大で底知れぬ墓地だ……墓や墓碑、霊廟、そして共同墓穴だらけで……そして消えたアイデンティティの納骨堂まである……小径をそぞろ歩きなさい、脈打つ松の樹のあいだを、墓石の列《なら》ぶあいだを……。

アダムという最初の男。イヴという最初の女、その後に無名の二十六名（うち九名は召使い、三名は娼館の人間、御者一名、架空の女一名、愛人一名、ぼろ着の女一名、ゴモラの女二名）が続き、それから十三名の少女（料理女三名、銀行員一名、青い瞳と金色の瞳が各一名、死んだ貧しい少女一名、貧しい小さな女の子一名）が続き、その後に十九名の夫人（ベルギー人、灰色の服、薔薇色の服、菓子店から出て来る夫人など）が登場する。

アンナ・カレーニナ、ベアトリーチェ、カリュプソー、三名のラファエル（ラファエロ、大天使、上流社交界で最もさもしい男）、ファウスト（博士のことだろう）と彼の四人の同僚。

ペルー人、ペタン、薬剤師二名。

ディケとニケ。ゴーゴリ、ゴリアテ、ゴロ、それにゴヤ。レア、レダ、リア、ラザロ、ロト（の妻）、ルター（独身の）。モルソーフ、マクベス、マクダフ（公爵夫人）、マラルメ、ママン、母

(私の)。ヴェルギリウスと不良少年。

モンテスキュー、モンテスキウ家の人々、ギゾー、ギーズ。

ロック&ロールス・ロイス。オリダ(食肉加工職人《シャルキュティエ》)とオイディプス。ド・テーブ夫人(手相見)、ラヴ(雌犬《シエンヌ》)、アルベルチーヌ・シモネ(音楽家《ミュ・ジ・シエンヌ》)。ミル、シュレミール、カラマーゾフ兄弟。ライプニッツ、ランドリュ、レオニ叔母。

バーナム(聖、フィニアス・テイラー)、ダーウィン、(ル・)ディアーブル、サタン、サッフォー、サランボー、スピノザ、ソドマ(イル)、ロジータとドゥーディカ、神《デュー》とデクラン(元帥)、ドレフュス(本人と、事件の)、ボアズ(眠る)、メルバ(出席できない)、ガロパン(菓子職人)。

イクシオン、十九名のX(〜伯爵夫人、〜卿、専門家、子供)、二名のY、一名のZ。

一名の奴(胡散臭い、「不良少年」を参照)、二名の人(一人は金髪、もう一人は短めの半ズボンを穿いている)、読者一名(私の)、無実の人々(の大虐殺)。

読者のあなたはぼんやり者で、遅まきながらふとこの計画に辻褄の合わないところ、首尾一貫しないところがあるのではないかという気になって、私に次のように尋ねることでしょう。どうして最初から四番目の文に出て来るフランソワ一世やシャルル五世、それにもっと先では、ジュヌヴィエーヴ・ド・ブラバンやゴロ、さらに先では……といった人々を、こっそり免除したんですか? 不当な差別じゃないんですか? それとも、ルールに反して気まぐれに情けをかけたんですか? と。

読者よ、あなたに言っておいたでしょう、フィクションという霊廟を満たしさまよう名前を埋葬することが必要なのだと。ところがあなたの言うフランソワ一世やルイ十一世、ライプニッツ、ルターらは、既に一つの、少なくとも一つの肉体を持っているじゃないですか……。

でも、その体はどこにあるのかって？

きっと雲散霧消したのです、分子レベルまで分解されたに違いありません。けれど、だからといって、死が私たちをフィクションの世界に置くということがあるでしょうか？　私が小説と歴史をちっとも区別してくださらないような人々の一員であることをあなたは望んでいるのですか？　名前の持ち主を呼ぶことを止めた名前は、だからといって名づけることをやめるでしょうか？　カトリック教会はこの地上でわれわれに一夫一妻制を厳命しながら、もし私たちがはからずも寡夫になった場合は、二度目、三度目、n度目の婚姻を禁止することを忘れていて、復活の時になって妻が二人以上いることで私たちが苦しむことさえ考慮していないけれど、こんな滑稽な過ちを私も犯せばいいとあなたは思っているのですか？　栄光の体たちによる天上の一夫多妻制……。それがあなたの密かなる願望なのでしょうか？

あなたにとって、ルイ十六世やルターやライプニッツは既に死んでいる。歴史の教科書のなかで祭り上げられた張りぼてである彼らの臨終の苦しみは、あなたにどんな幽かな戦慄も与えることはなかった。死者であるということは歴史的人物の本性なのです。

おお無感動なあなた、カトリック教徒であり犯罪の独身者である読者よ、あなたが死を感じとれるようにするために、私は努めて死を小説化せねばなりますまい。私の手に落ちた見知らぬ人間の肉体があなたの関心を引くことはない。だが、フランソワーズを殺すこと、これこそあなたの想像力の大半を占める部分なのです、なぜなら、フランソワーズとは突然八つ裂きにされ、血塗れになり、不透明になるあなたの生命そのものよりも、あなたの肉体のずっと内奥にある生命なのだから。

だがゴロは？　プティット・ファデットは？　アンナ・カレーニナは？　テセウスの妻は？　それにロトの妻は？　メントールは？　イポリットは？　モナリザは？　他の小説から移住してきたり、美術館や神話から密輸されたりしたこうした伝説上の人物たち全員、これら持ち帰った部品、作品に帰化した外来品は、なぜ私の殺しの篩《ふるい》から逃れるのかって？

ユス・ソリ（出生地主義）。

なぜなら、もし彼らが本来的に所属している場所で彼らを殺すのでなければ、言ってみれば彼らの出生地で絞め殺すのでなければ、うまく埋葬できないということはまず間違いないと思われるから。なぜなら、『失われた時』の話の流れに沿って捕まえられ殺《あや》められたアンナ・カレーニナは、自分が命名された領地に織り込まれて生き延びるから。なぜなら、多種多様なテクスト、画布、芝居に仮縫いされたフェードルは枝分かれし、撒き散らされて増殖するから……。

アンナ・カレーニナが『失われた時』に幽霊として出現するのと同様、フランソワーズも後続の小説で幽霊を演じることもあり得るのだ、とあなたは反論するかもしれない。いいのです、読者よ、別にそれで構わないのです。結局、私に殺されることでフランソワーズが自分の起源を失うことは確かなのですから。

小説とは一本の道に沿って持ち運ぶ鏡である、とあなたは言う。大都市が誇らしげに内部に保存している、嚢子化《シスト》された森を想像して下さい。それは、つい最近まで残っていた、人の手が入らない自然（あるいは、その究極の模像《シミユラークル》）であって、都市は森を蚕食し、小道や空地、野外音楽堂、風情のある四阿《あずまや》など、都市の食欲を償うための遺物を森に嵌め込んでいる。この森のなかにきっとあるはずの湖を思い描いてみて下さい、前世紀の家族が日曜日に水辺で草上の昼食をしにやって来たり、ときおり高校生たちがまだ暇つぶしにやって来ては船を漕いだり、いつも年取った人たちが周りを散歩しながら、草上の昼食とか小舟の上のかりそめの恋を思い出したりしている、そんな湖を。

二つの浮き橋が平行に並んで、岸に向かって直角に伸び、一つの風景を縁取っています。ゆれ動く水面には、土手と空の断片が映っている。ほら、想像してごらんなさい、片方の浮き橋に腰かけ、両脚を宙にぶらぶらさせながら、この一枚の絵を、脚の下にあるこの照準をじっと見張っている私のことを。

一羽の鳥が私の犠牲となるでしょう。その鳥は、散歩する人々がけだるげに歩いてゆく岸辺の道を飛んで来て、照準となった水面で捕らえられるのです。私の手のなかには道で拾った一握りの砂利がある。不定期に通行人が差しかかり、静かな水面にその姿が映る。誰かが通り過ぎるたび、真ん中に小さな砂利を投げると、小石は水面を穿ち、石が沈みながら引き起こす波紋のすばやい同心円の動きにつれて、水鏡の絵を横切ってゆく体が震える。私は一粒ずつ小石をつまぐる。最後の小石が、湖の底にある青空の脇を通りすぎる男のシルエットを貫いた。鳥たちの飛行はこの蒼き深みで泳ぎ、震えながら飛び去り、フレームの端から端まで対角線を引く。私は立ち上がると、今度は自分が水鏡の領域を通り過ぎた。その水面から、やがて「スワン」が出て来るだろう。私の思考は彼の映像を追いかける。

この続きはあなたがご存知の通りです。

たった一人だけを殺すつもりでも、その男とともに一つの世界が壊滅してしまうことがある。渦が引力を放ち、渦の周囲にあるものを渦とともに渦の内側へ呑み込むのとまったく同じように、スワンは巨大な車輪だったわけだが、その車輪は、険しい峰に固定され、幅にはそれほど等級の高くない多数の存在がまるで枘穴《ほぞあな》に接合されるように繋がれていて、車輪が転がり落ちるときに小さな付属物はどれも車輪と一緒になって転がり、大きな音をたてて崩れ落ちるのだ。スワン、スワンの恋、スワンの方、といったすべては転落するあいだに書かれた文字を消去され、それとともに、この消滅した文章のなかで、『失われた時』の一巻全体の大量の文章のなかで産出された今後は算出不可能なヴァーチャルな生の犇めきが、コンブレとそれ以外を余すところなく全滅させるという務めを私に免除してくれる。

ある人の肉体が死のなかに迷い込み、頽れる。そんなことを誰が案じるだろう？　誰が不安に思うだろう？　なんだって！　生者たちからなるこの大海原の水面には一つも波紋が立たないって？ある人の肉体が消える。だが資源は実に豊富であり、あなたの目の前では他の肉体が既にぎゅうぎゅう押し合っていて、夥しい数の生者たちがうねりをなし、この頽れる肉体の波は砕け散り、もがいている。生の民主主義の下に隠された、死の至高の独裁。墜落、痕跡、沈みゆくあの体が描く同心円の波紋を、広がり、ぶつかり、伝わり、砕け、逆流し、もつれ、消滅してゆく波を記録するための目、たった一つの目さえ、存在しないのだろうか？

　現実の人間は、あなたの感覚によって知覚されるが、あなたにとっては不透明なままだ。その人間は、あなたの想像力が持ち上げることのできない一定の重みを持っている。小説家の技量とは、あなたの魂が入り込めないそうした部分を、等量の非物質的な部分に置きかえることだった。なんと奇跡的な幻だろう……。あなたの感動をつかさどる装置においては、映像こそ唯一の本質的要素なのだ。そういうわけで、遠景、描写、波瀾万丈のプロットなど、あなたの真暗闇の奥底で上映されるミニ映画の全体が、あなたの同情と涙をおのずとかき立てることになります。私が追い求める文学など、信心深い修道女の緋と金の祭服の下へ、絵画愛好者で薔薇色の服の婦人の恋人であるスノッブのエレガントな燕尾服の下へ、登場人物の想像上の栄光の下へ、名前なき肉体を隠す無邪気な小説家以外の何者も産み出しはしない、とあなたは思いますか？　そんなふうに、あなたは犯罪を費消している……。あなたの冷《ひ》ややかで執拗《ひつこ》い憐憫を満足させるためには、ジュリーやボヴァリー、ＥＴ、レディー・ディー《ダイアナ妃》が足りない……。

　そうしたすべてが文学です。

　だから、あなたがすべてを胃袋で消化しきることのできないプルーストのこの大聖堂を、ガーゴイルや地下礼拝堂《クリプト》、排水盤も含めて取り壊し、解体してしまうことへのあなたの同情を、そして憤慨を、どうか私にゆだねてください。あなたは入り口の清めの貝殻、あなたのフィンガーボール、祝福された無意志的記憶《レミニッサンス》用茶碗に、指骨の先を浸すだけでいい。もしも私が、殺人によってあなたの映像、あなたの哀れな幻影のなかに、あなたの無気力な魂がどうしても消化することのできなかった不透明な肉体を詰め込んで重石とすることによって、あなたを無理矢理に移住させ、苦痛というこの漠然とした塊の正面にあなたを連れてゆくことができなければ、いったい誰があなたの体を目に見えるようにするのでしょう？

私はこんなふうに言いました。部屋、庭、私、ママン、幻灯、祖父……すなわち、われわれに馴染み深い世界にあるいつもの家具調度、と。そして読者は、殺しのなかでも一番きわどく、極めて古典的で、もっとも教育的なものに対する欲求が満たされないことに憤慨している、大伯父、祖父、大伯母、パパ、ママンらを殺してみようという気があなたにはまったくないのか、と言って。

読者よ、真面目な話、「ママン」とはただの名前に過ぎないのでしょうか？「今日『ママン』が死んだ、いや、たぶん昨日だったか」という感じで始まる章や、はたまた「私は交差点で『パパ』を殺した」と告げる章を、あなたはどう思いましたか？こんなことは何の意味もないと思ったあなたは、それが詐欺だと糾弾するでしょうし、そんなあなたに理があるのです。同じ血が流れているという理由で一つの家族の構成員の間に結ばれる目には見えない絆に対して、どうしてまだギリシャ悲劇と同じだけの敬意を払えるというのでしょう？　死者はもはや生者を支配してはいない。そして忘れっぽい生者は死者の願いを叶えることをやめたのです。私たちは、もはや何も語らなくなった神々を冒瀆するのではなく、あなたがその神々の代用としている作品を冒瀆しているわけですが、あなたはこれまで以上にその作品に信を置いているわけではないにしても、その作品の典礼をまだしばらくの間（この失われた時すべてを戒律として！）信心深く守っておいでだ。その作品自体もまた、まもなく死んだ記憶を機械的に反復する宿命にあるのですが。

無意志的記憶、子どもの頃の思い出、歌物語《レー》、ツグミたち、蔓日日草を、あなたはまだ必要としているのですか？

私は夜、家を留守にしているあいだ、自分のコンピュータを作動させておくことがよくあるのですが、そのマシンには、私が殺人に次ぐ殺人によって分解している私の大のお気に入りの小説を、声高に読み上げるプログラムが組んであります。疲れを知らぬ電子オウムさながらに……。ちょっとした音声自動合成ソフトを起動し、いくつかの人工的な声や、器用な言語学者が音声学や韻律学の規則に変換することのできたさまざまな言語のなかから、好きなものを選択するだけでいい。そうすると、デジタル言語挽き器がハードディスク上にエンコーディングされたプログラムの指示に全面的に従って作動して、文章を挽き、音素を一つずつ鳴らし、デジタル音を連結し、合成し、ひとつなぎにしてまとめ上げる、そしてその音をアナログ変換機がスピーカーの入力回路内で痙攣させながら吐き出すのです。

しかし、おわかりのように、一番胸に突き刺さるのはその調べのいびつさであり、私はこのいびつさを朗読テクストの規則にしました。使用可能なモデル化言語のバリエーションの中から、私は『失われた時』の文章が書かれた言語はけっして選択せず、それどころか、常にこのテクストを異国語みたいにしようと努め、無機質で金属的な声に、カウボーイか礼拝時報係《ムアッジン》、マタドールか公会議の常連みたいなアクセントを与え、フランス語の柔らかな音節をいびつに発音させるのです。声は音節を機械的に引き裂き、夜明けまで鳴り響きます。

犠牲者を追いかけて、あるいは、自分の夢想を追いかけて通りを進む間、夜のあいだどこかで自動記憶装置がピーピー囀るか、カーカー、クワックワッ鳴くかして、分解され失われた「時」の連禱を物真似しているところを思い浮かべるのが私は好きなのです。そして歩きながら、私は夢みている、そう、夢みている、私の心をいっぱいに満たし、好奇心をそそる分解を達成することを。その可能性は、私にとってほとんど誘惑に近い。

そう、私は言葉を相手にルーレットをやっているのです。でも、偶然の賭けにはそれ自体に思惑があり、思惑もなしで行き当たりばったりで賭ける人間はみな、どうかしている。私はルーレットをまわす、そして幸運《ツキ》――われわれの欲望によって圧縮され、気まぐれな偶像か親切な偶像に変えられてしまう、確実性という気体《まぼろし》――幸運は最初の勝負で私に味方した。だがこの幸運が続くという見込みはない。性別の一致は偶数か奇数か、赤か黒かの仕切りのある賭博台の上に放られた掛け金だ。球は三度転がり、三度とも私の希望を叶えた。このギャンブルには倍賭けは存在せず、負けた分を取戻す手段は一つとしてない。いつの日か私は必ずや負けるだろう。私が取り逃してしまったサン＝ルー夫人に対して仕掛けた賭け、私の最初のヘマについていえば、あの日賭博台の上に投げられたチップと取り分は、私のロシアン・ルーレットを差配する不可視のディーラーがチップとして受け取ったのだ、ということにしておきましょう。

やり直すことはできないのかって？　この分解作業《デコンポジション》の第一ラウンドがひとたび完了すれば、もう一度作業に戻り、機織り機の上であれ、賭博台の上であれ、仕事をやり直す機会がたぶん与えられるでしょう。そうなれば、同じ謀反行為の前の無罪（前の有罪）が新たな神明裁判に従わぬことや訴訟《プロセス》に基づく賭けにふたたび生命を賭けぬことを定めている神聖なる法の原則を軽視して、不一致とか私の不手際によって廃位を免れたすべての登場人物が、それに、彼らを句切れのところに仮縫いしているすべての文章が、命をかけた籤にもう一度立ち向かって来るでしょう、情け容赦しないが気まぐれではない、若きパルクたるこの私が爪繰り、裁断する籤に向かって……。

　イカサマしてやろうと思うこともたまにあります。私の思考節約の原理や、裁判における慎重さ、意味論的・論理的区別、存在論的・神学的良心の呵責などを軽んじて、骨が剥き出しになるまで肉の落ちた、骨の髄まで齧り取られた小説を夢みはじめるのです……そう、私は語り手に危害を加えてやろうとさえ思う。語り手は軽々しく、自分にマルセルという名を仮定（与えた、とは言いませんが）していなかったでしょうか？　目の眩むような展望だ……。人間の存在という錯覚からついに脱した、解放された世界。人間も登場人物も、もはや誰もいなくなった時、何が残るのだろう？それに、もはや主体もなく……私さえいないとなれば……きっと一つの目だけになる……絶対的な非人称。お聞きなさい。

**　もうすぐ十二時だ。そして扉の下から漏れていた夜明けの光の筋が消えた。その城は一つの曲線で断ち切られていたが、その曲線というのは、幻灯の溝に滑り込ませる枠に取り付けた、楕円形のガラスの縁にほかならなかった。外では、事物もまた、月の光を乱さないように注意を払い黙り込んでじっと身を固くしているように見えたが、その月の光は、一つひとつの物の前面に、その物**

自体よりも濃密で具体的なその光の影を広げることで、物を二重にしたり、後退させたりしながら、あたかも畳まれていた地図を広げたかのように、風景を平たくすると同時に拡大していた。動かずにはいられなかったもの、マロニエの葉の茂みが、どこかで動いていた。しかしその葉むらのそよぎは、茂みの全体を細かく覆い、微細な濃淡をつけて極めて繊細に仕上げられていたため、他の物に滲んだり、溶けこんだりはせずに、その他の茂みとは一線を画していた。ところがそうはならなかった。あれから多くの年月が過ぎ去った（……）。

　こんな世界を想像してみて下さい。何らかの天変地異や、ペスト、流感、この世の終わり《アポカリプス》……永遠に死ぬ？　そうかもしれない……。けれど、穴のあいた墓や、鉄筋コンクリートの掩蔽壕、空調設備のついた神殿の奥深くにはきっと、地中に埋められた痕跡や記号、模像《シミュラークル》が残っているのではないだろうか？　そこでは、頑丈な原子力電池が、林立する電子計算機《コンピュータ》になおも給電しているだろう。しかし、かつては情報と意味の伝達に用いられ、W.W.W.incの古い蜘蛛の巣を吹き飛ばし崩壊させた大事故以来無用となったこうしたシリコン製の古びた柱の間を通る者はもはや一人もいないだろう。片隅ではまだ一台のマシンがぜいぜい息をしている、それは最後のチューリング機械〔コンピューターの基となった仮想計算機〕で、際限なく自動実行するルーチンの中にはまり込んでいるのだ。そのマシンを除いて、すべてのネットワーク・ノードが、すべての宛先が、全サーバー、全ルーター、世界中の全端末が、電磁気放射の津波のなかで気化し蒸発したそれらの記憶を遮断するか合体させるかした。その時、スタール夫人のように、晩年になって自らの裡にドイツに対する親近性を発見したであろう合成マリリン・モンローの声、マレーネ・モンローの声で、そのマシンは呪文を唱えて永劫回帰を魅了する。もはや仄かな光さえ射さない夜に、マシンは息を切らし、狂ったようにループするのだ、受信ビットの最後のパケットを。それは以下のような言語の死文である。

Ich weiß nicht was soll es bedeuten
Daß ich so traurig bin
Ein Märchen aus alten Zeiten
Das kommt mir nicht aus dem Sinn
Die Luft ist kühl und es dunkelt

Ich weiß nicht was soll es bedeuten
Daß ich so traurig bin
Ein Märchen aus alten Zeiten
Ich weiß nicht was soll es bedeuten

Die Luft ist kühl und es dunkelt

Ein Märchen aus alten Zeiten
Daß ich so traurig bin

Die Luft ist kühl und es dunkelt

Ich weiß nicht was soll es bedeuten

Das kommt mir nicht aus dem Sinn 〔ハイネ「ローレライ」の歌詞。冒頭の五行は「なじかは知らねど 心わびて 昔の伝説は そぞろ身に沁む 寥しく暮れゆく」（近藤朔風訳）〕

編集者へ

拝啓

私が考案致しました貴社へのご提案は、貴社の意に沿うものであり、なおかつ費用はさほど嵩まないものと自負しております。こちらが作者のない原稿です。どうぞお受け取りください。お代は結構です。良き家庭の父親のごとく慎重に、ただお楽しみ頂けましたらと思います。

貴社には、作者のせいで苦しんでいる作品があることでしょう、それもあり余るほど。他方、作品を携えていようがいまいが作家はそこらじゅうにいます。しかし考えてもみてください。貴社が設立されてからというもの、作者なき原稿が戸口に置かれているのを何度目にしてこられましたか？　私がお話しているのは本物の孤児のことであって、出世すればすぐに自分の子だと告白しよう、しかるべき状況になれば認知しようと思っている私生児のことではないし、あるいはまた、書きたくてうずうずしているうだつの上がらない作家、貧乏な親類のような彼らをつかまえて認知させる子供のことではありません。

あなたの職業の難しさはよく想像できますとも。法の定めによると作品には作者がいるはずであり、作者は駄文を小水のように垂れ流し、読者がくんくん嗅ぎたがるのは原産地統制呼称ＡＯＣ〔ワインやチーズなどフランスの農産物の原産地を保証する制度〕コピーの匂いだけ。そんなわけで、作家たちは前立腺にいじめられるにつれてもっと不快になり不安になるのが常であり、読者は風邪をこじらせるのが常なのです。

法や読者は喧しく作者を要求し、作品というものが、意味の問題に囚われた人々から無理に引き出した告白であることを望みます。これは俗っぽい習癖、重箱の隅をつつきたがる強迫観念であり、不遜で異教的な偶像崇拝です。したがって貴社に悔いることなくお譲りするこの作品に関しまして、当方の願うところは、貴社が作品にふさわしい「作者」を見つけられること、そしてその作者が、貴社の「儲かる」けれど構文法《シンタックス》が苦手な若馬や、一番人気だが蹄葉炎にかかった《ひろうこんぱいした》トロッター、あるいは、絶対にコースアウトも躓き《しくじり》もせず鋭いキックもない代わりにもう繁殖は望めない、輝く毛並みと穏やかな物腰をもつ騸馬《せんば》のなかから選ばれることです。たった一つ大事なことは、ぴったり合うかどうか。つまり、作者は自分に似た物語を提示できなくてはならないし、読者は物語を一度も読まなくてもそれを作者本人として思い描くことができなくてはなりません。

それに、私が養子手続きを貴社にお任せしようと心に決めたのはまさに以上の点においてであって、貴社にお渡しする物語に書かれた私の計画に関する告白のせいで私がゆめ非難されることのないようにという至極正当な望みだとか、広告の幻灯が映し出す薄っぺらな幻想よりは無名であることの方を好む私の誇り高き謙虚さなどよりも、この問題の方がはるかにずっと強固な理由なのです。縛り首にされて発見されるという英雄的なリスクよりも、匿名という龕灯《がんどう》の方がマシなのです。けれども、以下に述べる理由により私は決心を固めました。実際、私は役柄ぴったりの顔ではないし、みすぼらしい委託販売外交員とか、この作品から想像できる悲痛で滑稽な言葉伝送機、信号伝送機のようにしか見えないでしょうから。私自身は、私の作品を性急に判断した結果に基づいて読者が例外なく私に想定する風采とは、あまりにもかけ離れています。私はあまりにも自分自身に似ておらず、それに犯罪の実行者が書物の作者として認められることはありえないし、一市民としての自己を選び出すために力を尽くす私は、普段の打ち解けた会話や、作家・批評家同士の付き合い、自らの悪徳を商売のために見せびらかす際に姿を見せるであろう私とは確かに別人なのです。犯罪者たる自己は自らの作品のなかにのみ姿を現わすのですから、『ル・モンド』紙の読者やランテルヌ島の原住民に対しては、私は彼らと同じようなラピュータ島人の姿しか見せません。失望と、その後に続く座礁が想像できるでしょう。

冒険物語には危難によって深い皺が刻まれた顔をもつ作者が必要であり、誘惑マニュアルには女性に対する男性の無作法さが、みだらな小説には膨らんだ人形みたいな体型か、世慣れたブルジョア女の膨れ面、または狡賢いアバズレのあてこすりが必要です。つまるところ（けれど、あなたはこの分野におけるプロでありエキスパートなのですから、何年もの経験によって研ぎ澄まされた本能があなたを誤らせることはないでしょう）貴社には作者が必要だと思われるのです（あるいは俳優が。どちらでも大差ありませんが。二つの喜劇に同じ一つの逆説、というやつですね）、ジャック・ニコルソンにかなり似通った身体測定データとアンドレ・ジッドの洗練された物腰を兼ね備えた、いささか不気味な作者が。あなたは間違いなく男性主語を好むグループに属している。実際、辺りに充満していささか吐き気を催させる香水のように、われわれの主語と私の物語の主題が同一なのではないかという感じを漂わせることができなくてはなりません。ところで、ご存知でしょうが、殺人とは——淡々とした殺人よりはむしろ、むごたらしい殺人の方ですが——人類の半分を占める雄のほぼ排他的な領域です。これは統計により証明されており世論も信じるところで、真実らしさや斉唱《ユニゾン》の要求するところなのです。

それに女たちは信用なりません。彼女らの評判は厄介な蝕に左右されすぎるし、あまりにも不可解な礼儀作法に依存しています。[1] 結局のところ、貴社にお預けする物語が、同業者や批評家たちが女性の天才（なんと紳士的《ギャラント》な撞着語法！）をそのなかに閉じ込めたがる「ご婦人の著作」とやらには、嗚呼、どれほど似ていないか。それだけは、あなたにもよくお分かりになるでしょう。

それに、私たちが話題にしているのは一番儲かる短期投資のことだけです！ 中長期の投資については検討しないでおきましょう。女性作家とはなんと破滅的でなんとハイリスクな投資でしょうか。彼女たちはつるつるした坂道を転げ落ちてゆくが、天辺では熱烈な聖典《カノン》擁護者たちが同業者を砲撃している、そんな光景を人々は見続けてきたのです。思い浮かべてみてください、貴社の商売敵が耕す山塊の乾いた斜面で凡庸なルーヴェとお涙頂戴ベルナルダンが象牙色のシーツのあいだで共寝しているところを。ド・G夫人やド・T夫人、R夫人は抜きで（ベルナルダンとまったく同じお涙頂戴なのに。涙を依怙贔屓《えこひいき》するとは、なんと理解しがたい奇妙さでしょうか……）。そこではフュルティエールがド・L夫人と同じ席次にのさばっていて、ラ・ロシュフーコーの仮面だけが唯一、空気の薄い高地でド・L夫人を窒息から守っています。そこでは、ヘミングウェイの見せかけの cojones はそれでもやはり宝石箱として頑丈な二巻本を必要としている。ヴァージニア・Wやガートルード・S、ジューナ・Bは、深き淵の底へさえ強欲なハゲタカを引き寄せることがないというのに、ジョイスはといえば流産したものまで聖遺物箱のなかにしまい込まれる。中国の男性小説家たちは水の畔りを散歩し赤い四阿の中に入る自由があるが、地下の独房にはM式部の物語やS少納言の枕が保管されている……。移り気な《アン・コンスタン》アドルフは、コリンヌ抜きでサロンを開く。ミュッセは蹄葉炎にかかった《ひろうこんぱいした》駄馬だが去勢されておらず、小説器官から切り離されたジョルジュ・Sの傍らに寝わらを整える。そこでは、万年筆を手にしたいかがわしいハイエナの存在論的・慢性的下痢はうやうやしく集成されるが、ビーバーの糞は軽蔑されている。糞に群がる連中の道にはどうやっても入り込めない〔以上はガリマール社の文学全集プレイヤード叢書に関する記述〕。

　私の非難の核心はよくお分かりになるでしょう。あなた自身、その重要性を感じずにはいられないはずです。文学もむごたらしい殺人も男の問題なのです。この調子でいくと、そして、もしこれに用心したり巧みな対抗手段を用意しておいたりしないことには、この二つの最低な経歴は（強姦者の経歴であるにもかかわらず）、粉末状になった自分の排泄物で後世の歩道を覆ったままにしておこうと腐心する男の野望にとって究極の専売特許であり続けることになるでしょう。どうか、身持ちの悪い女流小説家——自分の本のカバー《もうふ》の間で裸になるあの女文士《アバズレ》たち、羽根ペンを手にした獣《ケダモノ》たち——に、あなたが釣られたりしませんように。人々は何世代にも渡って着々と地道に掃除する術を学んできました。領土には目印が付けられている。そこは野鳥獣のための小さな保護区域ですが、しかし、記憶占用プラン〔フランスの都市計画を定めた文書「土地占用プラン」のもじり〕にもっと手際良く標識を立てるためのものです。私は真の愛好者のごとく感嘆しながら確かめたのですが、犯罪は完全です。孤語《ハパックス》、分散、解体、謎の失踪、目撃者の消去、相続財産の詐取、消された痕跡、隠蔽された書類、膠着した捜査、そして最後には、貪婪な者どもの文体と神髄の中で消滅し、分子の状態まで気化した犯罪資料体《コーパス》が喰い尽くされる。ああ！　詩の女神《ミューズ》たちよ！　ああ！　一つ目の巨人《キュクロプス》たちよ！

だからわれわれには男の作者が必要なのです（今はいなくてもこれから見つかるでしょう）、不気味で（と、さきほど書きましたが、彼らは生まれつき不気味なのです）、いささか衒学的な（本当らしさへの配慮から、そうあってほしいものです）、しかし育ちのよい作者が。その作者は、曖昧だが抑制された情感、目に見えて抑制されればされるだけいっそう生き生きとし曖昧になる情感を装うことができなくてはならないでしょう。常に芸術家の技巧でもあるところのこの男性的な羞恥心のことを、感情を隠しつつ同時にかきたてる羞恥心のことを、あなたはきっとご存知です。読者は理解しています、この屈託のない調子とは、感情を持っているという様子を見せたがらない人々の裡にある感情なのだということを。あまりにも滑稽ではないですか。無の婉曲語法を用いる者たちの、気高く効果的な醜悪さ。彼らは死や別離を前にして嘘や虚無であることができるのです……。

私はといえば、親愛なる編集者様、私は姿を消しましょう、消しましょうとも。そして、貴社で製本される作品の通常品質に従って（私は犯罪者かもしれませんが、趣味がよく感性が鋭いのです……）きちんと仮綴じされた本文一〇ポイントの本および簡素な表紙として私自身を凝視《みつめ》る前から、あらゆる痕跡が、あらゆるノートが、あらゆるオリジナルのページが、すでに跡形もなく消えてしまっていることを保証します。[2] 私の名誉にかけて保証します、この作品の穏やかな悦楽を。実をいえば、これはまさに初回の配本であり、いわばファースト・スパートであり、最初の壁面に過ぎないのです。というのも、私が攻撃しようと目論んでいるのは、丸ごと一つの大聖堂なのですから。後陣！　内陣！　交差廊！　貴社にはこれらすべてを真っ先にお届けしましょう。

私はこう書きました、私は犯罪者だ、けれど感性が鋭いのだ、と。このけれどは不適切です。だから、と言ったほうがいいでしょう……。というのも、われわれは殺人についてもっと正確に話したりもっときちんと考えたりする術をこれまでとは違った形で学ぶ必要があるからです。われわれが殺人について語るときの極度に断定的な調子を少し和らげなくてはなりません。世間の噂を伝え聞くところによれば、不都合な点はすべて被害者の側にあると信じられているようです。人々は、鋭利な短剣または突発的な出血性熱病によって息絶える際に被《こうむ》る苦痛について、それぞれ十分に検討したのでしょうか？

しかし感受性豊かな私は身じろぎもせずに苦しむことができるでしょう、そして、物語そのものに関しては貴社に白紙委任し、物語に関するすべての黒人奴隷《ゴーストライター》売買権をお譲りします。黒塗りし、推敲し、加筆し、削除し、誇張し、脚色し、尾ひれを、鬘をつけ、必要なだけ長々と卑猥なことを書き、「作者」がネッソスの上着を着る前に必ず要求するであろうレースやフリルで私の天使のような散文を冒瀆してください、しかし私の不道徳な個人的特異性を、とりわけ道徳的なジャンルの月並みな推理小説にありがちな平凡な良識に還元することは差し控えてください。なぜなら、月並みな推理小説とは、詮索したいという欲動を引き起こすことなしには犠牲者を考案せず、犯罪の解明や懲罰に身を捧げる刑事《デカ》なしには犯罪を考案しないからです。そこでは犯罪とは無秩序であり、無秩序においては悪巧みが規則を作り出す役割を担います。この三段論法を今こそその本来の野蛮さまで引き摺り下ろし、凡庸な命題を反転させ、犯罪に普遍的な規則を与える絶好の機会です。けれどボヴァリー夫人化してください、できる限り臆面もなく糞を塗りたくってください、私が許可しますから(3)……。

読者は甘ったるい小説や体液以外のものを望んでいるのでしょうか？　告解や姦淫の罪以外のものを無上の喜びとするのでしょうか？　寝椅子《ディヴァン》やソファ以外の家具を使うのでしょうか？　神《デュー》や詭弁《ソフィズム》よりも、むしろ歌姫《ディーヴァ》やレズビアン《サフィズム》の方に気持ちが傾いているのではないでしょうか？　私はそのことを過度に意識していたに過ぎません。けれど、私もまた無気力で気晴らしが好きなので、私の美的意図の悲劇的完璧さを後腐れなく犠牲にするでしょう、ペダンティックで蒼白い私の代理人、あの慣例上必要な詐欺師が、侵すべからざる創作物への権利を主張し、本物である証拠として、登場人物たちが彼から逃げ去ったと告白するところを見る愉しみのためなら。主人公のいかがわしい殺しの欲動を自分自身も感じたことがあるかと問われた彼が、胸の内を明かさず、幾分不安げなままでいるところを見てみたいものです……。それに、あの不朽の名作、彼の素晴らしい『ヴィクトリア・ニャンザ湖の西岸における人道的任務の際の無限の感情についての省察』と、この小説との間に何の関係があるのでしょう？

親愛なる編集者様、あなたは私が当初この物語のために想定していた受取人ではありません。(4) 古来からの慣例に倣って、ノートルダムの大祭壇の上に草稿を置こうかと思ったこともあったのです。しかし、内陣の鉄柵には旅行者たちがひっきりなしに群がっていて中に入ることができません。あの世の局留郵便は封鎖されていて、闇の口は閉ざされています。神がいないので、代わりとして、豪華なコンバーティブルの真摯な愛好者であるわがミューズ、機械工学に関する助言者メントールに、封緘した書簡を渡そうと考えました。しかし、実に緻密な整備工であるド・キャデラック氏にとっては、文学もその**第一動因《プリームム・モービル》＝神・ホーム**も知ったことじゃありません。そこで今度は、道で偶然出会った人のなかから自分の確実な原則に従って誰かを選び、その人のところへ行こうと思ったのです。だっていまどき、まだいったい誰が、受取人を指し示すためにわざわざ神のところへ出向いたり、創作するために霊感に身を委ねたり、殺すために強迫観念に身を委ねたりするでしょう？

しかし、誰かに作品をプレゼントすることよりも誰かを殺すことの方が簡単です。赤ん坊を押しつけるより梅毒を移す方が楽なのです……。そういうわけで、これまで私が試みたどの殺人と比べても、贈与の試みはこれっぽっちもうまくいきませんでした。道で出会った見知らぬ人に包みを差し出し、彼に贈ろうとしてみてください。その人はあなたを蔑み、あなたに極悪な意図があるとみなします。あなたがペテンにかけたり、物笑いにしたり、途方もなく破廉恥なことに引き入れたりしようとしているのだと彼は想像します。どうしようもなくクソ真面目な大衆だ！　あなたの顔をぶん殴ったり、気違いだと叫んで助けを求めるようなことはしないでしょうけれど。もしあなたがナイフを取り出して、お前を刺し殺しかっさばいて臓腑《はらわた》を抉り出してやると言えば、彼はそのように剣呑なことが起こるとは信じられず、ヒューマニズムに訴えかけ、あなたが彼を傷つけることができるとは思いもよらず、動揺しながらも友情を示そうとして、あなたが翳している抜き身の刃に向かって身を投げ出し、断末魔の叫びをあげつつ自ら進んでぐりぐりとナイフで傷口を抉りながらあなたを抱き締めるのです……。

したがって、神の後で、ド・キャデラック氏の後で、それに、恩知らずな「《スワン》」、私がまるで極めて不誠実な提案をしたか、自分の裸を見せびらかしでもしたかのように、口さがない女たちや町の人や警察官たちを煽動した「《スワン》」の後で、親愛なる編集者様、私の一番物わかりのよい話し相手であるあなたこそ、必要の才を備えた唯一の方です。あなたはほとんど神と同じくらい晦渋で、ド・キャデラック氏とほぼ同じくらい腕のたつ整備工であって、親切の限りを尽くされるよりもっと易々と斬り殺される誰かさんたちほど堅物ではない。スワンの最初の住まいは貴社に建てられたのでした〔『失われた時を求めて』の第一巻「スワン家の方へ」は本書と同じグラッセ社から刊行された〕。墓としてこれほどふさわしい場所はありません。

むろん、あなたのおっしゃりたいことはもう分かっています。印刷業者、発送業者、書店、在庫管理のために有り金をはたくことになる。すべてを呑み尽くすような、ほとんど利益のあがらない資本の固定。予告なしに価値が下がる資産。作者たちに騙される！　そして印刷だ、おお神よ、印刷だ！　それに紙！　いくらかかるかだいたい知っていますとも！　あなたの職業とは報われない、骨折り損のポーカーです……。ほんの僅かな愛を賭けた、偶然の賭け……。さぞ大変でしょう、ご同情します。あなたが破産しないよう願っています。

貴社がこの物語を出版するか否かは物理的な問題ではありません。確かな筋から聞いて知っているのですが、手紙は常に宛先に届きますし、たとえ盗まれた手紙や消失したと思われる手紙であっても、必ず届けられるし取り戻すことができるのです。この手紙が前科簿保管所に行き着かんことを、それか、どこでもいい、医学部の靴拭いマットの下でも解剖用作業台の上でも、古本屋《ブキニスト》の箱のなか、本屋の店頭、ロメインレタスやバタビアレタスの丸みをそっと布で覆い隠している行商の八百屋の陳列台の上、はたまた、上品だが手元不如意な貴社の便所のフックに吊るされて貴社のお抱え作家たちにティッシュとして使われてもいいのです。私にとって唯一価値あるあなたの職務上の義務を果たしてくださったことを私は永遠に感謝するでしょう。それはつまり、私の物語を――たとえたった一人でも読者に、散文を食《は》むご愁傷な職業植物食動物に――読んでもらう、ということですが。たった一人の読者が、たった一人の犠牲者がいれば、それでもう私の計画が完成するには十分であり、散文から犯罪への、犯罪から散文への無際限な実体変化的可逆性が起こり、一飛びであるいは一発でスワンが上昇して「スワン」になり、今度は「スワン」が上昇して「《スワン》」になる。

このことについてよく考えてみると、読者は女性のほうが良いように思うのです。

ひとつお許し頂けますか？　サン＝ルー夫人が形而上学的に上昇して「サン＝ルー夫人」になり、「サン＝ルー夫人」が「《サン＝ルー夫人》」になり、そして、ぱしんと一挙に、私の論理的命題の正しさが証明される、といったことを。括弧は同じ数だけある仮面のように外れる。絶対確実な上昇の中で、『失われた時』が世界から人間を削減し、殺しが言語を分解し、さまよう名前を埋葬するのだ。サン＝ルー夫人よ、おおわが姉妹、偽善的な読者よ、お前は俺の犯行を小説のように貪り読むだろう。そしてこの俺、《レクトール・レクトリ・ルプス（読者は読者にとつて狼である）》〔読者は読者にとって狼である、の意味のラテン語〕、貪り読んだ古い小説から大量殺戮規則を作った俺は、犯罪行為だけが唯一真正だということを証明するのだ。

（1）　むろん、しきたりは人付き合いにおける整然たる秩序や耳に快い決まり文句《リトルネロ》にとって必要であり、男女関係の秩序における見事なフランス的逸脱がしぶとく持続するために必要です。そうした逸脱はわれわれの規範となって、社会慣習に適った放蕩《リベルティナージュ》主義によってわれわれの平凡な人生にぴりっとした風味を添えますが、われわれはそうした逸脱によって窮屈な公序良俗への唾棄すべき服従のもつ味気なさ、われわれを完全にうんざりさせる味気なさを覆い隠せると思い込んでいるのです。

（2）　ついでに言うと、私が貴社を選んだのは本のジャケットの古典的風格のためなのです。だから折り返し付きダスターコートを私に押しつけないでください。貴社にとっては節約になるでしょうし、私のほうは、自然主義的あるいは抽象的な、または同時にそのどちらでもある、低俗な挿絵――そんな珍妙な作品を時々見かけますが――が、わが美しき残虐さと隣り合うのを見ることに我慢しなくてはならない、ということを避けられるでしょう。

（3）　糞を塗りたくって《カカニゼ》くださいと書きましたが、ニュアンスの選択はそちらにお任せします。ウィーン風にカカニゼでも、フランス風《フレンチ》にラ・カンカニゼでも……。どちらが当節の好みに合うか分からないので……。

（4）　しかし、あらゆる状況が貴社を推薦しました！　あらゆる状況がこの結果に導いたのです！　何と信じがたい盲目でしょう、私の盲目は、そして、何と長きにわたる盲目でしょう……。

第二部

Our meddling intellect
Misshapes the beauteous form of things —
We murder to dissect
WORDSWORTH, « The tables turned ».

暗い部屋

やあ、私です。そう、私ですよ。怪しんでいるのですか？　インキの色をしたこの外套や、私が常に身に纏っている厳かな礼服を見れば、それでもう私だとわかるでしょう？

さあ、われわれはまた暗い部屋に入りました。私と読者のあなたは、扉も窓もない、テクストという暗室にいます。ページとはあなたの目を覆い隠しあなたを幻想に誘うこの目隠し布であり、その後ろに私がいるとあなたが仮定するこの矛盾したスクリーンであり、そしてまた、あなたの盲いた瞳から湧き出す存在、幻覚に囚われた眼差にとっては肉体を持たぬ生き物が、何千と生息している布なのです。では、ページのなかの文章とは何なのか？　それは、巣穴のなかにいる私が、スクリーンの向こう側からあなたに到達しようとする時に通る場所のことです。

私にはあなたが見えないし、あなたには私の顔が見えない。

この暗い部屋のなかに入った時、あなたはここでもお馴染みのゲームの規則が進行していると信じていた。また、姿を見せない作家の息遣いによってあなたの儀式的な盲目に幻影が棲みつくようになった時、文字に誘われて辛抱強く従順にその後を追いかけた報いとしてそれだけ甘美な幻想、心地よい空想が得られるだろうと信じてもいました。この部屋の主人が巧みに召喚した生き物、空気の精、精霊、男の夢魔《インクブス》、女の夢魔《スクブス》の谺《こだま》に揺すられ、その腕に運び去られたあなたは、巣穴のあちこちにある柔らかな寝椅子《カウチ》の奥にぐったりと身を沈めることを期待していたけれど、これらの椅子はあなたがくつろげるようにと他の誰かが置いておいたものであり、あなたはその親切な誰かがこの言語の夜のなかに存在していることを嗅ぎつけているわけだが、この他者はあなたを案内し先導し、どんでん返しで楽しませ、旅や冒険、探険のためのロードマップをあなたのために用意してくれる、もちろん最後の勝利はあなたに残して。女性、財宝、危難、権力、追放、逆境、悦楽、発見。すべてがあなたを暗室のなかで待ち受けていた。

クック・クックとは私のことです。あなたには私が見えない。あなたは自分の姿が今度もまた見えていないと思っている。けれどあなたが入ってきた暗室、あなたが私の客として迎えられた暗室には、これまでに訪れたことのある部屋のありふれた家具が見つからないようだ。身も凍る隙間風。天女《ウリ》、歓呼《ウラ》はいずこ？　見事な騎行、精神と感覚が蕩けるような陶酔《のりもの》はどこにある？　あなたは疑い始めている。顔を持たぬ他者がこの夜のなかに潜み、暗い部屋のなかで、いつもあなたの空想を拵えてくれるお人好しな魔法使いとは別の遊びを遊んでいるのではないかと……。

だが、もしもこの暗室があなたのために残しておいたただ一つの愉しみが、戦慄だったとしたらどうだろう。唯一の勝利とは恐怖の勝利であり、唯一の発見とは虚無の発見のことだったとしたら？　この世紀末、暗い部屋のなかで人々が密かに曝されている愉しみが死をもたらすような種類のものになったということを、あなたはまだご存知ないのですか？

耳を澄ませて、全身の皮膚をピンと張りなさい。どれほど幽《かす》かな谺にも、どれほど細かな波立ちにも、どれほど小さな前触れのざわめきに対しても、すぐに顫えだす太鼓のように。もし味気ない楽しみなどもはや問題ではなく、ご自身の命が懸かるとなれば、あなたの体のどれほど微小な原子も、どれだけ微量の注意も、その鋭敏さが結局はえもいわれず甘美なものに思われてくるのではないですか？

古びた旋律の切れ端がどこからか聞こえてくる。何の歌詞だかお判りになりますか？　リフレインにはきっと胡麻《シムシム》や合言葉《シボレス》が含まれていて、それがあなたの通行手形になるでしょう……例えばヴァントゥイユの小楽節、映画『M』の繰り返し《リトルネロ》。これらの回帰が恐怖や無意志的想起の前触れとなる。

あなたの息遣いが何とよく聞こえることだろう！　あなたの動脈を血液がドクドクと流れ、その谺は戻ってきてあなたの鼓膜に激しくぶつかり、沈黙を埋める。その血液の音があなたには聞こえないのだろうか。それとも、この夜のなかで循環しているのは他者の血なのだろうか、あなたの皮膚に触れ、皮膚の下を潜り、頭蓋の中に入り込んでくるほど暴走するのは、他者の心臓なのだろうか？　息詰るほどの近さだ。

二人とも盲目で、二人とも姿が見えない。

あなたは獲物なのか狩人なのか？　生贄なのか、それとも祭司なのか？

クック・クック。この両人のうち、どちらが先に相手の心臓を貫き、切り裂き、引っこ抜くのか？

動かなければ助かるとでも思っているのでしょう、あなたは。彫像か石にでもなったようだ。だが、おそらくあなたは既に劣勢で、あとは私が腕を伸ばしてあなたの頸を絞めるか、そこに凶器の短剣を突き立てるだけかもしれない。

それに、このカチャリという金属音、こんなにも近くで聞こえるこの摩擦音。誰かが拳銃の撃鉄を起こしたのだろうか？　あるいは罠なのか？　あなたに最初に引き金を引かせようという罠。つまり、赤々と燃える火の言語が幽かに迸れば、闇のなかであなたの位置が明かされてしまう。あなたは私の意のままになるだろう。あなたはとどめの一撃を待つ、放たれることのないとどめの一撃を。それがどこからやって来るのかあなたにはわからないし、その音が聞こえるとはあなたには想像もできない。それほどまでに、見通すことのできない夜、幽かに音をたてるその沈黙は、どんな爆燃が起こるよりも前に既にあなたの鼓膜を破っていたのだ……。あなたは自分が無防備だと感じている。背中をつけることのできる壁を探す。部屋の隅にいればもっと安全で、それほど目立たないだろうと考える。そこに避難し、私を見つけ出すために必要な休息をとることができるだろうと想像する。だが、その片隅へ、その逃げ場へ辿りつくために、あなたはどこを横切る必要があるのだろう？　言語空間とは、私があなたに仕掛けた罠なのです。おや、何に躓いているのですか？

読者よ、お前は解っているのか？　自分がどこから入ってきたのか、扉はどこにあるのか、そして、扉が存在しているのかどうかくらいは。確かに今すぐ本を閉じ、この物語の扉を蹴破って脱出することもできる。だがそうしたところで暗室が消えるわけじゃない。この暗い部屋のなか、未来永劫に、おまえがその扉を閉《た》て切っている間でさえも、俺はお前を待ち続けるだろう、臆病な読者よ。

なぜならこの部屋に入る前から既にお前はここにいたし、脱出した後でもまだここにいるだろうから。もっともこの謎は、不可視の門口を守るキマイラやゴーレムの顔に刻まれた謎でもあるのだが。

ゴーストライター

本屋の店頭に私の作品が並んでいるのをまだ一度も見かけていない。

だが情報は常に仕入れている。書店にはあなたと同じくらい通い詰めています。私は時事に精通していて、社会面から株式相場、広告、死亡記事に至るまで、すべてに目を通しているのです。けれど、スワンや故フランソワーズを追悼する囲み記事が出ているのを見たこともなければ、私の物語と同じ題名の本や、私の本と何らかの類似を呈している本について書評が掲載されているのを見たこともない。警察や出版社、家族、批評家をただひたすらに信用することなんてできるのだろうか？

出版社はきっと続報を待っているのだろうと当初は思いました。大虐殺、大殺戮が予告されているというのに、出版社は二体の哀れな骸が纏う屍衣にインクを染み込ませるために印刷機を回転させるだろうか？　ばかばかしい……。確かにそれでは少々不十分だと認めよう。もっと酷い惨状を人々は見たことがあるのだから。どんなにつまらない推理小説だって、どんなに威力のない中傷ビラ《パンフレ》だって、十回、一万回と（一番少なく見積もったとしても）兵士たちを整列させ、召集しているのだ。読者よ、あなたにとって燃えるような真赤な血溜まりや千もの殺人、怒りに満ちた絶叫、それに、あらゆる秩序を——あらゆる復讐を——打破する凄まじい嗚咽とは何なのですか？　無だ！　だから、そうこうする間にも、私は冷酷なあなたを満足させようと意識しながらずっと仕事をしてきたのです。コタール、死んだ！　ノルポワ、死んだ！　ベルゴット、死んだ！　ブロック、死んだ！　ヴェルデュラン夫人、死んだ！　あなたが黄昏のなかで花を噛んでいたとき、私は暗がりでびくともせずに若い骸を刺し殺していました。忍耐づよい勉学……だが、天罰は覿面《てきめん》だ。

組版ページ数につきいくらで買収された読者、新聞の学芸欄担当者は、私の物語を政治経済のエッセイだとか、不幸な良心について書かれた新しい小説、時代遅れの論理学概論の時宜を失した翻訳、サイバー・エロティックな中編小説……その他諸々であるとみなして無視したのかもしれない。

さらに、私から与えられた許可を濫用した出版社が、私の作品を天辺から末尾まで、弾丸から鼓膜まで、すべて書き直させたということもありえなくはない。だとすれば、知らないうちに、私には代理人のみならず代作者《ニグロ》もいるということになるだろう……。

それ以来、海水浴に持って行くような極めて素朴な恋愛小説や、不倫の告白、教育に関する分厚い小説、猥本、本当にあった物語、現代の自己疎外についての慨嘆、道徳的寓話、都市の孤独に関するおとぎ話、苦悩する自我及び空間（社会空間・農村空間・心的空間、等々）の過疎化についての綿密な分析まで疑うようになってしまった。

最後にはとうとう諦めて、駅の本屋の回転ラックで常に入れ替わる店頭在庫の中から、推理小説を体系的にチェックするようになった。だが駄目だ、まったくの無駄だ……。どれも同じ話ばかりで、私のやつは一つもない。

とはいうものの……　これら紛《まが》い物の下に、誰にも気づかれることなく、私の死《タナトグラフイー》伝の歪曲された残骸が隠されているとしたらどうだろう？

読者よ、ほんの一瞬だけ、次の仮説について考えてみて下さい（信じてほしいのですが、これは決して私の誇大妄想ではありません。せいぜいのところ予感に過ぎないのです）。百の異なる筆名を遡るとおそらく私がその唯一の起源であり、すべての書物の名もなき作者なのではないか、ということを。日々発売されるこれらの書籍は、ゴーストライターたちの一団が夜ごとに精一杯書き直し、あなたの意識に対して提示された後、明け方に配達されるので、その結果あなたは読書を楽しむことができるのではないでしょうか、どんな不安も感じることなく、まったく非難を浴びせることもなしに……。

見えざる手

プルーストはあまりに長く、人生はあまりに短し？

誰かがプルーストをもっと短くしてくれれば……。

このことに、既にどれだけの人間が一心に取り組んできただろう？　さまざまな選集の編纂者、去勢者、検閲者、藪医者、洋裁店、クリーニング屋……プルーストのドレスの襟ぐり製作や脱線《ディグレッシヨン》の汚れ落とし《デグレッサージュ》に忙しい、器用な見習いお針子《ちいさなて》たち。それに、聖マルセル大聖堂が崩壊への一途を辿るに任せてきた記念碑的文学の管理者たち……。メンテナンスにはかなりの予算が必要だ。古典的大建造物は暖房が効きにくい。中で震える大衆。彼らが流感にかかって反感を覚えないようお玉でざぶざぶハーブティーを供したり、小ぶりの菓子をたらふく詰め込んだり、天気の良い日には山査子《サンザシ》の生け垣に沿って散歩してもらう。これではもはや大聖堂ではなく療養所かサナトリウムだ。

いや、プティット・マドレーヌ事業を再編《リストラクチャリング》成するためのありとあらゆる手法のなかで、必要性・一貫性・容易性の観点から私の手法に比肩するものはない。自らの投資が最大の収益性をもたらす場所で読者が動きを拘束されることのないグローバル市場では、自由主義的《リベラル》な解決策しか存在しなかったのだ。余分な人員を解雇すること。さすれば株価は必ず上昇するだろう。

唯一妥当で唯一正当なこの解決策は、事業における不採算部門のカットを推奨するという野蛮な手法とは異なり、現実から遊離したものではない。この解決策が、主観的な偏見抜きで、倫理的な中立性を完全に保ったまま、そして見えざる手という無謬の論理に従って削除するのは、われわれに多大な解釈能力と記憶力を要求する存在、すなわち登場人物である。この解決策は段階的に遂行され、その射程範囲は競争相手の圧力に応じて細かく調整される。この手法は、企業が有している不可侵の資産でありブランドであるところの文体を保護し、その価値を高めることさえあるのだ。

編集者や注解者たち――だが彼らは官僚であり、一冊も本を読んだことのない技術官僚《テクノラート》によって整備されたコルベール主義・ジャコバン主義的〔エリート的の意〕詩学を活用したり、構造主義的な抽象概念に惑わされたりしている――は、現地に赴くべきだったのだ。

『失われた時』の語り手は、物語が最終部に突入すると、自分の未来の作品に関して大まかな見取り図を示している。正典が明らかにするのは、そのとき物語の終わりと始まりが繋がり物語が出発点に戻るということ、予定されている作品とは実は終わりつつある物語に他ならないということである。魔法の円陣はわれわれを始まりへ、あるかなしかに重ねて書き込まれた時の痕跡を留める地点へと送り返すのだ。円環構造をなす小説は今世紀ありあまるほど存在する。これは偶然の一致だが、われらが官僚たちの理論を強固なものとしている。それは、円環構造をなす二十世紀の小説はその名をウロボロスという、という理論である。この後に続く考察をあなたは苦もなく想像できるだろうし、同時に、なぜ終わりと始まりが繋がるのかということ、ひとたび円環構造になれば何が残されるのかということ、それに、人は現代作家である時にどのようにして円環的小説以外のものを書くのかということもまた、想像がつくだろう……。

　しかし、官僚たちの理論は「マルセル」とピエール・メナール〔ボルヘスの作品の登場人物〕を混同している。後者は、人は愛するものを諦めることによってしか愛するものを取り戻すことはできない、ということを理解しようとしなかったのだ。また、官僚たちの理論に従えば、『失われた時を求めて』を二度書くことがあたかも可能であるかのごとく振舞うことになるが、われわれはヒルベルトとクノーの『文学基礎論』〔レイモン・クノーの実在の作品。数学者ヒルベルトの『幾何学基礎論』のパロディ〕以降（元の第二公理の注解を参照）、そのような振舞いが誤りだということを知っている。われわれは経験に基づく観察の力によって、古代ギリシャ・ローマの時代からずっとそうではなかろうかと思っていたのだが、それは畢竟、同じ川の流れに二度浸ることはないということであり、その川の名はレテまたはメンデレスというのである。後はこのことを形式的に証明すればよいだけであった。

　マルセル（と、彼を呼ぶべきだとしたら）が進むことができたのは（それに、この件に関しては、彼の天職についての物語のなかにわれわれを当惑させるような文章があるのだが）、平板な繰り返しよりもさらに果てしなく曲がりくねった何かの方へ向かってであった。

『失われた時』の深遠なる意図、その最終目的を私が暴露すれば、あなたはきっと数多くの手がかりの中からたった一つの手がかりに目を留めるだろうし、その手がかりを見ればもっとも懐疑的なプルースト・マニアさえ十分納得するに違いありません。その手がかりは、語り手と天真爛漫なアルベルチーヌとの間で交わされた、ドストエフスキーに関する会話のなかにあるのです。

「でも、誰か人を殺したことがあるのかしら、ドストエフスキーは？　私が知っている彼の小説はすべてある罪の物語という題をつけることができそう。それは彼にとり憑いている一つの妄想ね。いつもそんなことばかり語るのは自然じゃないわ」

「まさか彼は人を殺してはいませんよ、僕のかわいいアルベルチーヌ、僕は彼の生涯に詳しくはないけれど。確かに彼も、他の皆と同じように、何らかの形で罪を知ったでしょう。それもおそらくは法律に触れるような形で。その意味では、彼は自分の作品の主人公たちと同じように少しは犯罪者だったに違いない。といって、その主人公たちも完全なる犯罪者というわけではなく、情状酌量の上で罰せられるような人物ですが。僕は小説家ではないけれど、個人的に経験したことのない生活形態に創作者が惹かれるということもありうるのです。だがやはり僕も認めますよ、ドストエフスキーにおける殺人へのあのような先入観には何か異常なものがあり、それが彼を僕とは非常に縁遠い人間にしてしまうということを。こうしたことはすべておよそ僕からできるだけ遠く離れているような気がします、ただし人間は次第に自己の内面を実現してゆくものだから、少なくとも僕の内面にも僕の知らない部分がある、というのなら話は別だけれどね」

これ以上に明白な吐露があるだろうか？　確かにここには一揃いの否認が含まれている。「僕は

小説家ではない、こうしたことはすべておよそ僕からできるだけ遠く離れているような気がします」二つ目の否認については一つ目の否認と照らし合わせて考える必要のあることがわかる。だが道ははっきりと示されており（人間は次第に自己の内面を実現してゆく）その向かう先は、犯罪者としての生活様式の傾向のうちに暗示されているのだ。そして、生活様式とは、規則に従うということ以外の何であろうか？

さて、ここで「見出された時」の中に挿入されている「常時礼拝」という題の長い信仰告白を読み返してみてください。きっと何かがあなたを悩まし、すべての刊行物は偽典《いつわり》で、そのためにテクストが黒塗りされ、書き換えられたのではないかという予感が生じて来ることでしょう。殺しの規則、主体の天職によって呼び覚まされる究極の最終段階は文学への崇拝に姿を変え、犯罪は年代記に偽装され、死体は修辞の花の蔭に埋葬されたのではないか。語り手が作品のとば口で直視した生活形態の本当の姿を隠蔽するためだけに、おそらく人々は草案や草稿、直筆原稿を収集し、あれほどまでに絶賛したのではないか。つまるところ、代作者たちが一度ならず仕事をしたのではないか、そして、彼らの手は重たい《やりすぎる》けれど、少しも器用でもなければそれほど控えめではないのではないか、という予感がするでしょう。

次のことを検証してみて下さい。以下のようにはっきりと表明される作品の基礎論、天職の公理系において、「芸術」という語を「犯罪」に、「文学」という語を「殺人」に、「小説」を「殺害」に、等々の熟語の置換を体系的に行ってください。この基本的な翻訳を終えると、改竄された文章の下から至高の意味が浮かび上がって来るでしょう。

本物の作品、ついに発見され、ついに明るみに出された作品、したがってこの上なく完璧に達成された唯一の作品、それこそが殺人なのである。そのような作品は、ある意味では、どの瞬間にも、犯罪者のなかにも普通のすべての人たちのなかにも、おなじように宿っているのだ。しかし、普通の人たちはそれを見せない、彼らはそれを明るみに出すことを諦めているからである。

そのような犯罪者の仕事、——物質の内面に、経験の内面に、言葉の内面に、外面とは異なる何かを認めようと求める仕事は、つぎのような仕事とはまったく相反する仕事である、すなわち、われわれが注意を逸らしている各瞬間に、自己愛、美徳、教育、そして習慣であるところのわれわれ代作者たちがわれわれのなかでひそかに遂行している仕事、またわれわれから本物の印象をすっぽり被いかくすために、自己愛、美徳、教育、習慣が、本物の印象の上に、用語便覧や、われわれがまちがって作品と呼んでいるおおっぴらにできる悪巧みを、どんどん積み重ねてゆく各瞬間に、われわれのなかで遂行されている仕事、そんなものは犯罪者の仕事とはまったく相反する仕事である。要するに、犯罪者の仕事である単純な犯罪こそ、まさに必要な唯一の犯罪なのである。それだけが、他の人々に権威を与えるとともに、われわれの本来の作品をわれわれ自身にも明示してくれるのだ。そんな作品は、外面から「読む」ことのできるものではない。人が読むそんな作品の記号は、内面に翻訳されなくてはならず、しばしば裏返しに解体されなくてはならず、苦労を重ねて消去されなくてはならない。われわれの自己愛、模倣の精神、立派な教育、習慣が、これまでにやってきた仕事を、犯罪は解体すべきであろう。犯罪がわれわれの歩みを導くのは反対の方向にであり、虚無に

向かってであろう。

残りもこの調子で……。検証作業の続きはあなたにお任せします。

私としては、殺しによる削減という私の規則とプルーストの作品との相似、私の計画とプルーストの語り手の文章——語り手自身の告白、「愛する女の肉体に嫉妬し、嫉妬のあまり愛するその肉体の壊滅を願いさえしながら、その肉体を時の次元のなかに引き伸ばして観想する男」——との相似を十分に証明したつもりです。殺害すること、分解すること。これこそ、時そのものの本性のうちに暗号化された二重の最終目標なのです。蓋然性が高いのは犯罪的解釈のみであり、これだけが唯一、逐語的かつ象徴的にテクストを明らかにするでしょう。

Q．E．D．〔証明終わり〕

取りかかろう。

次なる殺人の物語をもう二章、三章と先延ばしにして、あなたをお待たせするかどうかは私次第でしょう。脱線するのはなんとたやすいことか！　いやまさか、あなたを気の毒に思っていますとも、読者よ。

型

人気《ひとけ》のない河岸に「コタール」がようやくふたたび姿を現わした頃には夜になっていた。市の死体公示所の入り口で選定が行われ、公示所の簡素な門を二番目にくぐった人物が「コタール」となったのだった。私はその「コタール」を、スワンやフランソワーズの時と同じように建物の入口で泳がせておいたのである。

不思議と気弱になってしまっている、他の誰かに見られることや視線が合うことをこんなふうに恐れるとは。これは、互いに通じ合い、いたわり合う心と意志のうち、あまりに几帳面で優しい心か、あるいは極度に憐れみ深い意志の、いずれかが衰えたためだろうか？　ある種の善意と同じように、残酷さにも、よく検討してみると案外本心でないものがある。

私は木陰に身を潜めると、犠牲者が暗がりに足を踏み入れ、私に近づいて来て、やがて私を追い越してゆくのを待った。あと二歩で彼は魔法の円陣の外に出て、すぐ近くの街灯の光の中へふたたび入ってゆくだろう。

読者よ、あなたは東洋がお好きですか？　あなたも私と同じように子どもの頃、日曜日やバカンスには、野原や自分の部屋で蜘蛛巣城を雄々しく襲撃し、剣道の古典的な型、洗練された厳かな舞踏のごとく右、左、前、後ろ、四方から襲いかかってくる想像上の敵を刺し、突き、まっ二つに切り裂く技術に磨きをかけていたのでしょうか？　あなたはきっと自分が三銃士や胸甲騎兵であると夢みていたことでしょう……。私はといえば、複雑な東洋が好きでした。東洋の残酷さの諸形態としては暗殺者や刺客……ことにサムライが挙げられますが、それらの禁欲的な美に惹かれていたのです。

コタールの頭部は刀の刃によって厳かに刎ねられ、歩道の石畳を光のある所まで転がっていった。いや、私は彼の首を斬ろうというつもりはなく、ただ自分の所作が負の書道によって空《くう》に鋼の線を引くことを考えていたに過ぎない。

首を斬られた体はその場に崩れ落ちるだろう、まるでゆっくり折れ曲がってゆく膝にはその体が重すぎて支えきれなくなったかのように。だが心臓はすぐには打つことをやめなかった。荒々しいポンプとなった心臓は斬られた首から垂直に吹き上がる血の泉に給水していたが、私よりももっと「ゴンクール」的な殺し手ならば、きっとこの泉をわざわざユベール・ロベールの名高い噴水と丹念に比較したことだろう。そうしたところで、その血が生々しく、温かで、なめらかな湯気をたてる、紅色の血であることは変わらないだろうが……。それに、滴のついた刃をぬぐい外套の下で刀を鞘に収めるあいだ、俺には充分な時間があっただろうか、殺しの奉納に加えてさらにお前に詩を奉納するために長々と際限なく描写する余裕が俺にあっただろうか？　いや、すべては瞬く間に終わったはずだ、一閃させた刀の描く軌道にぴたりと一致して。俺は歩きながら首を拾い、髪をつかんで弾みをつけると欄干越しに高く放り投げ、下を流れる運河のなかへ沈めるだけでよしとするだろう。

　でも、あのコタールはどんな外見だったのかって？　そんなことはまったくもってどうでもいいことなのだ、類推《アナロジー》や人物描写《ポルトレ》、肖像とモデルの類似に目がない読者よ。もし俺がコタールの顔をありありと描写して奴の特徴を説明してやれば、道端で会っても写真で見ても、あるいは運河の底でユスリカが腐敗させた奴でさえも、お前にはコタールだと分かるとでもいうのか？

　それに、俺は警察の身元確認に協力するような人間だろうか？

どの学士院《アカデミー》を選ぶかはあなたにお任せします（好きなように想像してください）、そこの階段へわれわれは「ノルポワ」を出迎えに行くでしょう。用務員の出勤時刻とかち合わないよう気をつければ、われわれのルールにぴったり合う人物が確実に現われることでしょう。こうやって性別が一致する確率が統計的に高まる場所へ犠牲者を選びに行くことは、別にインチキではありません。あなたは私たちの侯爵、私たちの大使が、院は院でも例えば美容院から出て来るところが見られると思いますか？　あなたのオデット、あなたのエウリュディケー、あなたのイゾルデも、議会や兵舎、憲法裁判所、賭博場、思想団体の集会所へ出迎えに行くというのですか？　行くわけがない。怒り狂ったフェミニストか、失敗への秘めたる欲望のようなものを心に抱いているか、あるいはマクスウェルの悪魔〔熱力学の思考実験で仮定された、分子を選別する存在〕を自任しているというのであれば話は別ですが（しかし正直なところ、どれも大差ないのです）。私の殺しのロジックに対して慣習が有利に働くからといって、それが私の落ち度でしょうか？　典型的な合理的主体である私は、資源の分配における局所的不平等を利用することで自己の利益を最大化しているだけなのです。

会館の階段に二番目に現われた肉体はお誂え向きだった。性数が一致。われわれはターゲットを確保した。彼は実在の人間であり、動き、咀嚼し、咳をし、震える。そしてまもなく殺されるだろう。

彼は歩いている、あそこを、私たちの前を。どんな道かはどうでもいい。そうでしょう？　みな、単なる芝居の書割だと思っているのだから……。魅惑的ではないですか、読者よ、目の前を次々と流れてゆく世界をまもなく死ぬであろう人間の視点から見るということは（ほんの束の間だけでも。だってあなたは目眩がしてもうこれ以上耐えられないでしょうに）。その男は知らない。世界――この単なる書割――のことも、もうすぐ自分は死ぬのだという――この常軌を逸した見込み――のことも。彼は知らない、だがあなたは知っている、彼の両目の後ろに忍び込んでそこに自分の眼差を据えようとした瞬間から。そこでよく見てください、厳密には彼のものでもあなた自身のものでもないその位置から（でも、そうすると、誰の位置なのだろう？　きっと誰のものでもない……誰のものでもない御し難い場所……）さあ、この世界をよく見てください、じきに自分が死ぬのだと知りながら……。あの横柄なファサードも、窓も、同じ数だけある鉄柵も、以後永遠に閉ざされた世界をあなたの目から覆い隠している。空、空にだけはまだいくらか優しさがある。けれど黄昏の訪れとともに、空もまたメタリックな輝きで身を鎧っている。あなたの両目にすばやく襲いかかって来る世界のいっさいの表面は鉄や石のように硬くなり、すれ違う通行人の顔さえもよそよそしく、あなたを見棄てるこのすべての生によって強化されている。通り過ぎようとし追い越されようとする瞬間にあなた一人が生身の肉体をもち、この無関心な世界のすべての角で擦り傷を負うのだ、その世界の単なる書割に過ぎないあなたは。

憐れみを発揮してください、読者よ。

私のほうは、汗水垂らしながら、殺さなくてはならない男を追いかけている——なぜならそういう定めだから——猛スピードで進み続けているこの足の速い人物を。今日ますます完成の域に達しつつある交通手段のせいで私たちの靴底がすり減る時間はほとんどなくなっており、ヨーロッパの地図は目を疑うほど縮小し、おそらく高速鉄道TGVのお蔭もあってより一層の電撃的縮小を余儀なくされようというところだし、数多くの高速道路、トンネル、空港、路面電車の路線が至る所に敷設されているのだから、駿足のマラソンランナーのごとき彼の振舞いについてノルポワを恨む権利だとか、荒々しく押し寄せる公共交通に合流することを考えるよう彼にお願いする権利がわれわれにはあるのです。このことについては、あなたも私に同意してくださるでしょう……。

彼は私を、学士院会館から街外れへ連れて行った。街外れから、現在私たちは郊外へ向かっている。これは進歩だった、しかしまだ凶行にとって理想的な場所ではない。とうとう見えてきたのは、八車線の高速道路とその上に架かる歩道橋だった。

銃声は、タイヤの破裂音か、それとも漏れた不完全燃焼ガスが消音器《マフラー》で爆発音をたてたものとみなされただろう。どこからこの弾丸が発せられたのか、どこからこの衝撃、この裂傷が臓腑のなかへやって来たのか、ノルポワにはわからなかったのではないか。ゆっくりとひねられた体。私が見ていると彼は驚いた様子でこちらを振り向き、あたかもこの爆燃の意味を黙ったまま身振りで私に問いかけようとしているかのようだった、それから、腹の痛み、最初は遠かったその感覚がついに道を切り開いておそらく彼のところまで達した時にはまた、焼けつき、肉体を貫き、自分を痛みにしっかりと結びつけはじめたこのドロドロとした熱がどこからやって来たのかを私に問おうとしているかのようだった。

　私と彼の間には二メートルの距離があった。このうえなく優雅に、少しためらいがちに、誰とははっきりと判らないがどこかで見たことのある顔の人に話しかけようと決心してそばに寄ろうとするかのように、よろめきながら、小さな歩幅で、彼が近づいて来るのを私は見ていた。彼はふらついていて、もう膝から崩れ落ちそうだった。彼が私の手に接吻しようとする瞬間を私は目にした。

　あれは反射という、意識的な決定に先立つあの手の運動なのだろうか？　彼の両目の声なき哀願だったのだろうか？　彼が倒れてしまいそうだと感じた私は、なぜか知らず腕を差し伸べ、彼を支えようとした。彼は躓き、ぎこちないワルツのなかに私を引っぱり入れると、私にしがみつき、一言も発さずに、ほんの少し息を切らせながら私の腕のなかに倒れ込んだ。感動的でグロテスクな体勢だ、この永遠に続くかと思われる被害者と殺害者の抱擁は。抱き合い、揺れる二つの影……そして、橋の下には行き交う車の波……だが、憐れみを誘う場面でもある。というのも、否が応でも心が呼び招く罪深い心地好さから身を引き剥がすのは容易ではないからだ。彼の目は霞んでいた。ノルポワはずるずると崩れ落ちた。彼を支えようとさらにきつく抱きしめる私の腕のなかで、彼は甘やかしているのだと信じてしまいそうな死に際の苦しみに揺すられ、この理解不能な恐怖の歩道で苦痛を鎮めようとしているかのようだった。

「あなたは彼のことを、優しさを込めて話していますね⁉」

「いえ、彼のことじゃありませんよ、読者。私の動作について話しているのです」

私はさらにいっそう優しさを込めた動作で、手すりに背を凭せている私の方へ痙攣しながら抱きついているノルポワをゆっくりと引き寄せ、タンゴで男の踊り手が女性パートナーに対してするように、彼の体をすばやく折り曲げると、手すり越しにひっくり返し、下の流れに向かって突き落とした。


わが読者よ、あなたはまず間違いなく数学が得意でしょう。そこで、以下の条件が与えられた場合、

（1）物体の落下
（2）照明で十分に照らされた八車線の高速道路
（3）この高速道路上に、ラッシュアワー時の列の密度を保った、水平な車の流れ（方向はどちら向きでもよい）
（4）この密度に当然見合った中程度の車両速度
（5）車道から数メートルの高さに張り出した、車の流れと直角に交わる一つの歩道橋
（6）並外れて平均的な人間の体が一体、歩道橋（5を参照）の任意の地点から、非常に名高い

重力の法則（1を参照）に従って落下する

上記の人体について以下のそれぞれの軌道を辿る確率を計算せよ。

（a）車道上で車に轢かれる前に、体が車（バンパー、ボンネット、フロントガラス、ルーフ、後部扉）と衝突する

（b）八車線ある車道のどこかに落下した後、その場所で車に轢かれる

（c）落下途中に一台の車と衝突した後、鋼板の上でバウンドし、動き回るピンボールの球のように、ある車から別の車へ、まるでバンパーの巣の中にいるかのように次々と移動する。——また、この場合、バウンド数の確率はそれぞれいくらか？

（d）車線を区切っている白い破線に垂直に墜落し、流れの方向とおおよそ平行な位置で二つの車線の間に着地する。——また、この場合、車線変更した車両に轢かれる確率はいくらか？

さらに、あなたの方程式をもっと簡単にするために少し問題を単純化して、ノルポワと高速道路のランプによって形成された動力システムの典型とみなすことの可能な軌道だけを考慮すればよい、ということにしましょう。すなわち、着地する前に衝突する、衝突に先立って着地する、という二つの状況です。

これでもまだ大変ですか？　苛々しますか？　こんなややこしすぎる衝突、こんな耄碌した物理

学者の細かさに。つまり蓋然性と不確定性の中断、ということですが。ノルポワは必ず起こる衝突の前あるいは後で地面に触れるのか？

　さあ、私は知りません。私の頭のなかではノルポワの考え得る二つの状態、衝突─着地と着地─衝突が重なっています。黄昏の車道で轢かれたあの体が二つの顛末のうちどちらを迎えたのか私たちにはわからない。しかしながら、この不安が減少しノルポワの墜落がただ一つに決定された状態で成し遂げられるためには、読者が手すり越しに体を乗り出して現場を観察するだけで十分だろうと思うのです。

　それでは、もし勇気がおありなら、身を乗り出してご覧なさい。目眩などものともせずに。私が喜んで腕をお貸ししましょう。

通糸者

一つの文、一つの名前、一つの体。これまでに出て来たすべてのケースでは規則は一様に適用された。だが、複数の文が別の複数の文の中に埋め込まれている場合や、登場人物のアイデンティティが複数になる場合、複数人がたまたま同じ一文に宿を取るといった場合にはどのように事を運べばよいだろう？

一冊の小説とは？　大型客船、ジャンボジェット、間断なく運行される地下鉄の列車……。そうした乗り物には動詞を孕んだ文や動詞を欠損した文のための優先座席がある。最も豪奢な文章がゆったりと手足を伸ばしているファースト・クラスの座席は、エコノミー・クラスの狭苦しい座席《ウサギごや》と隣り合っていて、そこでは三名の人物が小さな寝台を取り合い、多くの乗客が複数のパスポートを携えて旅行しているのだ……。

例えば、「花咲く乙女たち」で、私たちの作成中のエディションに後続する以下の文章について考えてみてください。

ジルベルト本人が私に告げたように、新年の休暇には彼女は私と会えなくなるはずであり、その休暇が近づくにつれ失意の沼に落ち込んでうち萎れている私の姿におそらく気がついたためであろう、ある日母が私の気を晴らそうとしてこう言った、「ラ・ベルマを聴きたいとまだ思いつめておいでなら、たぶんお父様は行かせてくださるでしょうよ。お祖母様に連れて行っていただけばいいわ」

私たちが相手にしている文は一つなのか、それとも二つなのか？　それに、われわれのルールに従うとなると、どうやって一度に二人の獲物、ジルベルトとベルマを追跡するのだろう？　読者も知らないはずはないが、ジルベルト・スワンとは私たちがあれほどまで惨めに取り逃がしたあのサン＝ルー夫人の結婚前の名前なのだ。そうすると私たちにとって、彼女はあの時とルール上同じ獲物なのだろうか、それとも別の獲物なのだろうか？

なんとも困ったものだ！

一つの文、一人の女、一つのルールとは何かということすら私たちには解らないのだろうか？二千五百年の文明、途方もなく巨大な思弁の宝庫（それに、天才とは、どんなにつまらない考えや誤った考えに対してさえも、努めて想像力を働かせ、呻吟しつつ考え込むということが知られているではないか……）、図書館というあの言語のブラックホール、それは自らの質量の下で崩壊し解体してしまう、そしていつも元の木阿弥になるのだ……。

女たちは社会的身分の不安定さによってすべてを紛糾させる。配偶者より長生きするなどと言うことは絶対にない、というくらいの慎ましさが女たちにまだあったなら……。だが、ラベルは次々と貼り替えられる！　かのヴェルデュラン夫人はシドニー・デ・ボーとして生を享け、二度目の結婚でド・デュラ公爵夫人となり、最後にはゲルマント大公夫人になる……。あそこはインドではない。かの小説では、寡婦はサティーに隷属する気などさらさらないのだ。

貴族たちも、服を替えるように名前を替えるという点においては女たちと似たり寄ったりだ。パラメード・ド・ゲルマントが、シャルリュス男爵、デ・ローム大公、ブラバン公爵、アグリジャント大公、デューヌ大公、オレロン大公、ヴィアレッジオ大公と、一家の封地から好みにまかせて名前を取り出して来るのを見てみたまえ。

まったく、ギロチンにかけるべし……。

舞台で役柄が演じられるように、そして、フェードルを演じるベルマのように、フィクションの人物やその他の人物は次第に固有名詞、ファースト・ネーム、あだ名を纏い、親王領地、勲章を横取りし、結婚により苗字、称号、領地を得るようになる。厳格な論理学者や謹厳な共和主義者、熱狂的なカトリック信徒、純真無垢なフェミニスト、うぬぼれ貴族、下級公爵、ただの読者……といった全員を一斉に憤慨させるだけの理由があるのだ……。あのカメレオンども！　あの旧貴族ども！　成り上がり！　二世、三世ども！　算数に刃向かう伴侶たち！　一にして不可分のアイデンティティの天下、個体性の厳格な体制が打ち立てられるのはいつになるのだろう？

以上のような革命——あるいは復古——を夢みることのない私はといえば、体制派でもなければフェミニストでもなく、ヒンズー教徒でも回想録作家でもないので、その物語の進展とともに私が人々を殲滅しているフィクション内でいまなお効力をもつ習慣に甘んじている。フィクションにおいても現実世界においても、個人のアイデンティティが人間を識別するための理論に過ぎなくたって別に構わないし、あるいは、「時」の中で一人が次々と同時に何人もの人間になっても構わないのだ、もしもこの複数性を貫いて不可視の連鎖が流れているのならば。

この連鎖とは、物語の糸巻き棒、記憶の糸車に一本ずつ紡がれる糸であり、サンザシの生け垣の後ろに垣間見えた赤茶けた金髪の女の子や、護符のごとく与えられた「ジルベルト」という名、ちなみにこの名のお蔭で、名前から作り上げられた女性人物像を後になってからふたたび特定することが可能になるだろう、その彼女は、特定される前には不安定で不確かなイメージに過ぎなかったのだ（なぜかといって、ひとたび老いたら、蝋燭の明かりの下であれ柘植の垣根の前であれどうやって彼女を見つけたり、見分けたりできるだろう？）、それに、オデットとスワンの娘、ベルゴットの女友だち、シャンゼリゼでの陣取り遊びの幼い同志、あの娘、午後のお茶会では成功を収めることのなかった彼女、私の欲望の対象、八千万フランの相続者、ブーローニュの森の見知らぬ女性、サン゠ルーの寡婦……糸はこれらの女性たちに通されているのだ。

いいですか読者よ、この連鎖が、この連鎖こそがページの表面に時折ふと姿を現わし、出来事の緯糸の上、模様を施した奇抜な刺繍の下をちらりとかすめ、小説の織物全体を維持しているのであって、あなたが登場人物と呼んでいるのは、あなたのニューロンの迷宮で解《ほど》かれたこの連鎖の糸のことなのです。

そしてこの私、ほぐすという仕事を遂行するよう運命づけられた夜のペネロペたる私は、典型的な通糸者として、糸が見えるようになり一つの名前として結び目を作るテクスト上の一地点で連鎖の糸を持ち上げ、引っ張り、そうやって「時」の糸をほぐすのだ。

　サン＝ルーという名をもつ女性がジルベルトという名の許にふたたび現われることは、私にとっては好都合な状況だ。新たに命名が行われれば、その一つひとつが私にとっては通糸を作動させる新たな許可となるのだから。殺人を二度試みる機会であり、作品に穴を空ける追加のチャンスだ。少しでも上手くいけば、その結び目または名前のうち一つの継ぎ目で捉えられた連鎖の全体がテクストの端から端までほころびる。

「オデット」と「スワン夫人」という二つの名に関して、別々の二軒の売春宿から出て来るところを二回連続で私が捕まえ狩ろうとした女性はこうした運命を辿るはずだった。しかし、初日の「オデット」、注意深く見張っていた私の前に八十二番目に現われた体も、翌日、四十八番目に現われた「スワン夫人」も、性別の一致を免れた。どうも女とは相性が悪いらしい……。辛抱しよう、「ミス・サクリパン」か、それとも「ド・フォルシュヴィル夫人」が私たちの執念深さに屈する時まで売春宿に通い詰めようではないか。何度も籤を引いてもし私たちが最後に勝つことがないとしたら、西から日が昇ったとしてもおかしくない。

　愉しみに変化を持たせましょう。

　薄暗いホールで照明が落ちる。まもなく映画が始まる。私たちは十五列目に腰掛けて、すぐ前の二つの天鵞絨《ビロード》の座席を私たちの照準、私たちに引力を及ぼすものと定めた。ペアやトリオ、または集団としてのまとまりは、単に連続殺人にとどまらず複数殺人の成功の条件だ。だから獲物を確保し決定するために、白いスクリーンに投影された動くイメージの魅惑にふたたび身を委ねよう、なぜかというと、そうはいっても私たちも多勢なので、一度に一人以上の犠牲者を追跡することはきっと無理だから。

だが、観客たちの妙なこだわりと来た日には！　後ろの列にいる観客の視界を塞がないようにという思い遣りのある素振り――さもなくば、隣人のすぐ傍で感じる居心地の悪さ。スクリーンに対して目の焦点を上手く調節するために三度も座り直し、その都度席を替える近眼たちのあの優柔不断。威嚇のためか、それとも不誠実さからか、各人が自分の両側に築こうとする検疫警戒線、すなわち、傘や鞄、新聞、帽子、コートによる隣の座席の不当占拠、その目的はといえば、隣を空席のままに、個人的な中間地帯《ノーマンズ・ランド》にしておくこと……。

私の運命の座席はなかなか埋まらなかった。

とうとう一人姿を現わした。場違いな奴が。こっちは「ジルベルト」と「ベルマ」を待っているというのに、紛れもなく男だ。それから、案内嬢の懐中電灯から放たれ、暗がりで執拗に地面を照らす光線に導かれ、突如もう一つの体が通路から現われると十四列目に呑み込まれた。太陽がもたらす強い目眩のなかで（この紋切り型《クリシェ》が祝福されんことを）にわかに現われた体は女性のもののようだった。

ところが、何が起こるかわからないもので、見知らぬ女が近づくと見知らぬ男が立ち上がり（二人はたぶん知り合いなのだ）挨拶を交わし合い、ぐずぐずと何歩か動きかけてから、見知らぬ女はあらかじめ指定された座席には着かずに見知らぬ男に譲られた席に座ることになり、タフな紳士の方が彼女の席に着いた。

「ジルベルト」と「ベルマ」。一人の男と一人の女。だが、どちらがどちらなのか？　彼らは席を交換した。身体と名前の同一化にインターロックがかかったのはどの瞬間なのだろう？　同一化の順序を決定するのは時間の流れであり、最初にやって来た人間は参照先の文において一番目に言及された「ジルベルト」であるとしか言うことができず——そしてこの場合は、彼はジルベルトとはなりえない。なぜなら性別が合致しないから——したがって二番目に出現した者が必然的に「ベルマ」になるとみなすか？　あるいは、時間の流れを根拠としなくてはならないということは少しもなく、それぞれの身体がどの名前に割り当てられるかを決定するのは物理的な場所であり、文を読むように左から右へ読まれた座席の順序である、ということにするか？　もちろん、小説の文と世界の雑多な集団との一致が有効になるのは、二つの場所と二つの体の偶然の一致による。だが、相次いで見知らぬ男と女に占められることになった「ジルベルト」の場所がこうして交換され、配置転換されたことから、何を結論すべきだろう？

彼女が誰なのか定かではないからといって私は殺しを思いとどまったりはしない。その上、事態は急を告げている。タイヤがキキーッと軋み、弦楽器パート全体が一斉にキンキンとした音を奏でる。衝突する鋼板、樽、さまざまな屑鉄の瓦礫。ドンパチが始まる。嘘くさいハジキ、無尽蔵な弾倉から発射された弾丸に一人の男が撃たれ、それだけに留まらず、臓腑を爆破された男は二十歩後退しながらあなたの方に向かって倒れ込む。私は外套の隠しに手を突っ込むと、飾り気のないワルサーP38の安全装置を解除する。すぐ前の座席の背もたれをはみ出している見知らぬ女の頭部から、心臓の位置の当たりをつける。銃の狙いを定める。歩道橋から次々と体が転落し、鋼板の上でぺしゃんこになる、鳴り響く鋼板、銅鑼、ティンパニー、砲弾のフィナーレ……。一度、二度、私は引き金を引く。立ち上がり、煤けた闇のなかに姿をかき消す。爆発、爆燃が私たちの足の下の地表を揺るがし、スクリーン上で倉庫を木っ端微塵にすると、黒い煙がもくもくと大量に広がり、洞窟の底、観客の目の届かないあの高みでぴかぴか光る星を覆い隠す。

今しがた私はジルベルトかベルマかわからない女を殺した。

それも定かではないが。

エルドラド

批評家たちがこぞって絶賛している展覧会へ、絵画への情熱を欠いた群衆が怒濤のように詰めかけているようですが、私たちもその美術館へ行くことにしましょう。どんな絵でもいいので、展示リストの九十二番目に陳列された作品の前で待ち伏せします。この数字は、私たちが削り取ろうとしている巻でプルーストがベルゴットを登場させた一文の元のページ数です。こうして選ばれた作品は、企画委員たちの配慮によって、数ある陳列室のなかでも適切な場所に戦略的に掛けられたものといえます。そこで、少し後ろへ下がり、私たちは二十二番目の鑑賞者を待ちましょう。

（このうえ、九十二番目の作品の描写まで期待しないで下さい、読者よ。どんな絵でもいいのです、一六五四年の爆発後の《デルフトの眺望》みたいな絵でも、《降架》、《哀歌》、《死せるキリスト》、《聖アウグスティヌスのいる廃墟の夜》、《鉤のついた牛の骸骨》といった絵でも。ご想像のままに！　この小説はスペインの宿屋みたいなものですから、ご自分のアルバムや食べ物、蒐集品を持ち込んでください。）

私たちは待ち、人の数を数え、絵画の前の人だかりに目を丸くしている。やっと「ベルゴット」の姿がちらりと見える、というよりも左から右へゆっくり流れる足踏み状態の雑踏とは逆の向きに群衆のうねりをかき分けているあの体がベルゴットなのではないかと予感する。圏内に入り込んだ彼の背中しか見えないものの、彼こそが、選定された作品の情景に引き寄せられた二十二番目の肉体だ。


絵画の放つ魅力から、そして周りに蝟集した人間の群れから身を引き剥がそうとして彼は振り向いたが、それが誰だかわかると、今回の犯罪はとりわけ堪えがたいものになるかもしれない、私の決意を凌駕するものになるかもしれないと思った。

「ベルゴット」は、私の知己のド・キャデラック氏だったのである。


ここでド・キャデラック氏とは誰なのかということを説明しなければなるまい。彼の社会的身分については私は何一つ知らない。せいぜいのところ、私の生まれるずっと前から将来を嘱望された数学者だったか、あるいは才能ある犯罪者だったのではないかと推測している。私が氏と知り合いになった頃には彼は既に年老いていて、若かりし頃や働き盛りの頃に従事していた活動からはどう見ても引退していた。これはすべての犯罪者が辿る運命である。

というのも、犯罪の上げ潮が人生を包み込み人生から溢れだしたのちに、危険を好む気持ちが和らぐと、大潮の逆流したあと元の流れにもどる河のように、ふたたび上部を現わしてくるのは人生なのだ。ところで、犯行の第一期が続いていたあいだに、犯罪者は自分の暴力行為から戦術または方式を少しずつひきだすようになった。犯罪者は、もし自分が殺人犯ならばどんな状況が、もし泥棒ならばどんな物が、自分に素材を提供するか知っている、そしてその素材は、それ自体はどんなものでもかまわないが、とにかく、武器や酸素アセチレンバーナーと同様、彼の破壊に必要なものなのである。犯罪者は、靄のたちこめる夜の帳の下で、木蔭に吊り下げたりなかば水に溺れさせたりする女から、自分が傑出した犯行をおこなったことを知っている。やがてある日、意欲の衰えによって、彼の天才が使った素材をまえにしても、彼に犯行を生ませる唯一のものである残酷な努力をするだけの気力がなくなるときが来るだろう、しかしそれでも、素材が彼のなかに呼びさます暴力行為《アクティング・アウト》への口火である粗暴な快感を感じて、素材のそばにいることを幸せに思いながら、犯罪者はなおも素材の探求を続けるだろう、そして、それらの素材が他のものよりも優れているかのように、またそれらのなかに犯罪行為の大部分の要素がすでに宿り、いわばそこにすっかりできあがったままの犯行が含まれているかのように、それらを一種の迷信でつつむことで、彼はもはや、潜在的な犠牲者のもとに通うこと、尾行すること以外の行動には出なくなるだろう。彼は霧が夜を満たすような地方に田舎の家を買い、女たちが水を浴びるのを眺めて長い時間を過ごし、紐《ロープ》のコレクションをしている。

こうした犯罪の一歩手前にある段階、あるいは、殺人の才能の減退とともにかつての才能を躍動させたさまざまの物を熱愛し、なるべく危険の少ないことを願うという段階まで、おそらくキャデラック氏はついに後退してしまったのだった。

彼は高速道路のインターチェンジや鉄道の分岐点、スクラップ、へこんだ車や事故車の廃棄場に囲まれた空港の近在に居を構えていた。数メートルの高台の上にごちゃごちゃと積み上げられた残骸が、この囲い地の城壁となっていた。その内側にはありとあらゆるものがあり、鉄や錆、ガラスや鋳鉄が堆積して同心円状の環や角張った方形堡を形作っていたが、そのすべての銃眼、すべての裂け目から、劣化した潤滑油、ブレーキオイル、凍結防止剤が滲み出していた。そして、その真ん中で、この要塞化された迷宮の中心で波板のガレージに格納されて鎮座ましましていたもの、オイル交換用ピットの上に張り出して駐車されていたもの、それは永遠に目を大きく見ひらいた、方向調節可能な四つの長方形のヘッドライトをもつキャデラック・エルドラドであり、黄色い幌つき一九七六年型、彼の自慢であり勲章であるこの守護獣にちなんで私は彼に綽名をつけたのである。

要塞はといえば、その名をポンコツＣａｒＣａｓｓｅといい、入り口を示すチェーンにぶらさげられた八つの錆びたボンネットに吹管で一字一字綴られていて、そのチェーンはボルトで留められた足場のなか、屑鉄でできた横木に渡されていた。

ド・キャデラック氏の野蛮な才能。タンク、冷蔵庫、自転車、水圧機など、どんなガラクタでも分解してしまうのだった。それも徹底的に。ボックスレンチで、ドライバーで、平タガネで、吹管で、必要とあらばハンマーで。ド・キャデラック氏は金属に関する深い知識を持っていたが、それはあたかも衣魚《シミ》が布地について持っているような、木に穴を空けて食べる虫が木について持っているような知識であった。鉄板、鋳鉄の解剖者であり解剖学者である彼は、あなたの腕を脱臼させ、エイッともフウとも言わずに正確かつ慎重な所作でエンジンを取り外し車輪からタイヤを外した、そしてボルトを抜きネジを抜きはんだ付けを離して脱臼させたのである。

ところが彼の才能は不運と、悲劇的な欠点と表裏一体だった。つまり、彼は取り外すことにおいてのみ優秀な機械工であり、解剖だけに意欲を滾《たぎ》らせる外科医だったのだ。だから二十四時間熱に浮かされたようになってエルドラドの皮をすっかり剥ぎ取り、肉をこそげ、骨組みだけにしたとすると、それを組み立てなおしてふたたび乗れる状態にするまでには優に四年は要したのである。

彼がエルドラドを手に入れた時、ハツカネズミの仕業で電気の配線はすっかりむき出しになっていた。輪止めの上に置いておかれたことは一度もなく、自らの巨体に覆われて歪んでしまったリムホイールの上に乗っかっていた。エンジンではオイルが煮え立ち、ライナーの中でピストンを麻痺させていた。穴の空いたラジエーターは、錆に覆われてぼろぼろだった。

ところで、こんなことがあった。例えば、ド・キャデラック氏が点火プラグを交換しようとすると、不思議なことに手つきがぎこちなくなり、ねじ山とピッチを必ずおしゃかにしてしまうのだ。したがって、また新たに溝を中ぐり加工し、ねじ切りしなくてはならなくなった。すると、皮肉な宿命の結果として、キャデラック氏がこのエンジンブロックの上に屈みこむ日まで眠ったままになっていた鋳鉄のなかの罅《ひび》が、彼のドリルの攻撃を受けて目を覚まし、今度はシリンダーヘッドがひび割れてしまうのだった……。

かくしてエルドラドの復活は進んでいった。何度も固定を試みて取りつけられたイグニッションコイルや、やすりがけされたコンロッド、歯が欠けた小さな歯車、火災を引きおこすショート等々……。そして、数多くの神秘的な聖杯を探究するかのごとき、交換部品の探究。ある部品は間に合わせで作られ、別の部品はあちこちで分解され、いくつかの部品は見つからず、窮余の一策として故障寸前の大昔の工作機械、旋盤またはフライス盤などに基づいてコピーされた、そして、キャデラック氏の不運にはどれほどの犠牲があっただろう？　おそらく頑丈なシャシは例外として、元の部品は一つとして残っていなかった。部品はすべて、縁までなみなみと交換用オイルで満たされた古い浴槽に、他界したものから次々と沈められ、腐食しないようこうした棺のなかにしばらく保存された。というのも、ド・キャデラック氏と私が知り合いになった頃にはエルドラドの蘇生は完了していて、彼はほかでもない、こうした部品の分別や洗浄を行い、これらの断片や残骸から一台の車、エルドラドの真の複製を再構築しようともくろんでいたのである。しかしそれは、絶対に走らせることはないと彼自身認めていたものなのだ。

だが、このもう一台のエルドラドは車とはいえないだろう。むしろ彫像であり、一台めのエルドラドの実物大の模型、観念《イデー》であって、自らの不動なる無益性のうちに失墜してはいるものの、一台めのエルドラドよりもさらに見事で、さらに好ましく、さらに謎めいているのだ。

一台めのエルドラドには乗ることができたし、たぶんまだ乗ることができるだろう。あの車は月給が良かった頃、ホイール・キャップやオルタネーター、スターター、ラジエーター、ドア、バンパーなんかが飛ぶように売れていた頃に走っていた……。あの頃キャデラック氏はよく俺を誘ってくれた。二人してそいつをひとまわりさせに行ったものだ。俺は持っていたモンキーレンチを置き、手をごしごし磨いて、ベンチシートの白い革に敬意を払って作業着を脱いだ。俺たちは巨大なドアをバタンと鳴らし、そいつを励ますためにずんぐりした巨大な車体を撫でてやった。キャデラック氏はドライブ中、ハンドルを握って変速レバーを始動させ、舞踏会の手帳のように幅広のブレーキペダルを緩めて、迷宮の外で獣を優しく操作した。

ひとたびアスファルトの上へ走り出すと、俺たちは八トラックのステレオプレーヤーに、どうにか探し出すことのできた唯一のカセット、ずっと昔に廃れた規格のカセットを差し込んで、ジョン・デンバーのベスト盤をうやうやしく拝聴したものだ、ただし、下の方から聞こえてくる旋律——少しシンコペーションの効いた……ついぞ完全に固定されなかったあのイグニッション……——や、八シリンダーの旋律、鳩のように鳴くコンロッド、カルダンシャフトのカチャカチャ音など、ガラクタの中から甦ったエルドラドが奏でる神々しい交響曲のどんなに小さな不協和音にも耳を澄ませながら。俺たちは一年じゅう、通風装置のすべての格子を通して、極限まで冷やされたエアコンの空気をくらった。そいつを止める方法はなかった、レバーはぶっ壊れ、MAXの所で動かなくなっていて、ヒューズを飛ばすという手もあるが、そうすると——キャデラック氏が自作した電気回路の謎——方向指示器《ウィンカー》にも同時にバイパスしてしまう。古い磁気テープから少しザーザー音が出ていた。ときおり、これから流れる音声を先取りしたエコーが二重になって、ずれて聞こえた。それはマスキング効果かプリゴースト現象で、磁場が媒体を刺し貫き、時間やテープの密着、巻き方によって、ついに別の磁場に影響を与えたのだった。

たいしてスピードを出していたわけじゃないが、淵ほども深いタンクをちょくちょく満たす必要があった。発車する時、オートマティック・トランスミッションの急加速のせいで、やけに黒い煙が出たものだ……。満タンのガソリンを費い切るか、雨の気配がするとすぐに帰った。というのも、キャデラック氏はエルドラドの幌を繕うことにも、鋼でできた肋骨状の骨組みの上で風にはためく黒いボロきれを張りなおすことにも、ついぞ成功しなかったからだ。

そういうわけで私は、美術館を後にするとき、作品が犠牲者として指定した男の居場所を知っていたので、尾行する必要はなかった。

私の決意は初めて揺らいだ。今回ばかりはどう振る舞ったらよいかわからず、判断力も鈍り、追いかける獲物もないまま通りから通りへあてもなく彷徨った。

思うに、私の計画は三つの原則と対応しているのだが、その原則の必要性と一貫性を、私はある記念すべき夜に自分の行動によって齎された直観に従って認識したのだった。

一つ目は倫理的な次元の原則で、これは確かに困難ではあるが実現不可能とはいえないもくろみ、始めから終わりまで制御され、規定されているが、その代わりそのもくろみに身を捧げる者の人生をあらゆる細部にわたり支配するであろうようなもくろみを考え出すよう私に促したのだった。

二つ目は形式的な次元の原則で、これは最も厳密な決定論と最も純粋な偶然とを組み合わせ、言葉と身体、名前と世界という二つの異なるカテゴリーを公然と、そして、結局は必要な法則に従って、相互に関連づけるよう私に要求するものであった。

三つ目は美学的な次元の原則で、これはどんな主観的な反映をも排除して、次の二つの幻想を、一つを他方の中に反射することによって捕らえることを私に申し出るものであった。その二つとは、完全犯罪と無償の行為〔理由のない行為のこと。アンドレ・ジッドが提唱〕である。

ところが、事ここに至って、私の殺人の純粋形式と私との間に妨げとなるものが生じてしまったのである。

思うがままにのびのびと動くわれわれの心を脅かし、このうえなく優しい友情を冒瀆するような制約をもつ規則に、人は従うべきだろうか、従うことが可能だろうか？　芸術に、犯罪に、そしてそれらが必然的に有する非人称性に身を捧げることで、私は非人間性に献身していたのだろうか？　こんな残酷な規則に従うよう私に強いたのは誰なのだろう？　私は自分に対して自由に規則を課したのである以上、まったく同じように自由にその規則から解放される自由、自分の望みのままにド・キャデラック氏のために例外をつくる自由、つまり恩赦を与える自由があったのではないか？

この「ド・キャデラック氏」という名前こそまさに障害であった。この名前は空《から》ではないし、見知らぬ無関係な体にくっついている単なる付随的なラベルではなかった。私とあの男との親交が、この名に一連の特徴、特性、説明を必然的に付与していたのだ。私の記憶をいわば白紙《タブラ・ラサ》に戻して、この名を捨て、また、この名に凝縮されている私と彼との思い出や冗談や友情を捨て、プルーストの小説がベルゴットを登場させるためにベルゴットという人物に与えている描写の束をそれらの代わりとすることなどどうしてできよう？　不可能な重ね書き羊皮紙《パランプセスト》だ、無名の身体と透明な名前の間に人間が介在するとは。この人間は、私の殺人が打ち立てることを目指していた方程式のなかの、副次的で破壊的な環なのだ。性別と数という二つの純粋に形式的な指標を付与されたXと、「ベルゴット」との間に仮定される同一性《アイデンティティ》は、ひとたびこの第三項、ド・キャデラック氏のせいでかき乱されたとしてもなお有効だったのだろうか？　殺人において名前と身体を同一化させることは、推移性を授けられた演算なのだろうか？

　いつもの操作が私に指示した体の追跡を差し控えるということには、まさに私が自分の規則を免れたという徴がなかっただろうか？　規則それ自体を最終的に要約している手続きにもし背くとすれば、私は自分を騙すことになるのではないか、そして、なお自らの規則に従っていると信じながら、私は規則を既に解釈しようという途上にあったのではなかったか、言い換えれば、規則に従うふりをしようとしていたのではなかったか？　ド・キャデラック氏を探しに行けば、きっと彼がいるはずだとわかっている場所に私は辿りつくだろう、そして彼を殺すことで、正規の手続きに一つひとつ実際に従うのと見かけ上は同じ結果に辿りつくだろうし、殺しにおいて「ベルゴット」のベルゴットへの上昇がひとたび完遂すれば、彼の死という結果を出すことができるだろう、だが、私がこの結果に行き着くことができたとすれば、それは、たぶん間違っている計算と、形式の決定的な欠陥のお蔭――あるいは、欠陥にもかかわらず――であろう。

　色盲の人に、彼の前にある信号機の色が緑なのかオレンジなのか、それとも赤なのか尋ねてみたと想像したまえ。彼はきっと正しい答えを言うことができるだろう、だがそれはその信号の色を実際に識別したからではなく、秘密の方法のお蔭なのであり、自分の知覚の障害を補うための工夫をすることにずっと以前から慣れている彼は、答えを出すために、その方法を適用する際には自分が持っている知識に頼るのだが、さらにいうとその知識とは、下が「緑」、真ん中が「オレンジ」、上が「赤」という信号灯の色の伝統的な空間配置のことなのである。そして、人生で一度も「赤」信号を無視することはないであろうこの人間は、毎朝着替えるときに、箪笥の抽斗《ひきだし》から同じ色の靴下を二つ取り出そうとして必ず間違える人間と同一人物なのだ。

結局のところ、他人が望むようななにがしかの仮面を被って作家が自分の人生を物語ったり、自分のパーソナルな日記というゴミ屑を小説として押し通したりすることとまったく同じように、知り合いの誰それを殺害することには非道さ、安易さ（そういうことをしてしまう人々にとっては危険な安易さ）があるのではないだろうか？　それこそ、まさに虚構と虚偽を取り違えることだ。だが、ポストモダン以後の作家たち、あの手の高額化粧品は、そうしたことを普通におこなっているのであり、犯罪を事故に偽装《メイク》するのと同じように人生に厚化粧《メイク》をほどこし――あるいは、もし犯罪がなければ、暮らしのなかの小さな事故に濃いメーキャップをして、悲劇的な運命に仕立ててあげてしまう――そして、虚偽のナンバープレートと刷毛の一塗りさえあれば、大胆な窃盗の欲望と密売の魅力をかきたてられるほど魅力的な車の外観を、自分のインスピレーションに乏しい家族小説に与えることができると確信しているのだ。作家たちはもはや審美家《エステート》ではなく、厳密にいえば美容師《エステテイシヤン》なのであって、エステサロンのしがない商売、表皮ケアやマニキュア、シミや皮肉なシワを除去するパックなどに身を窶《やつ》しているのである。

こんなふうに私はどんどん理屈を並べ立てていったが、しかし最も多くの真実を含んでいるように思われる哲学体系が、その基礎のところで、つまるところは感情という動機の指図により構築されたものではないかとどうして思わずにいられよう？　それに、この種の動機が、理性を働かせて思考する人の理性をその人の知らぬ間に支配することができるとどうして思わずにいられよう？たぶん私はド・キャデラック氏を生かしておくことを論理的に選んだと信じている、ところが、彼に対して友情を感じたり、彼の死とか、彼がベルゴットとして解消されてしまうという見通しのせいで苦痛を感じたりすることが、私たちの旧い親交の指図によるものだということを私は理解している。おそらく理性は自由なのだ。しかし理性は、理性には備わっていないある法則に密かに屈しているのである。

しかしながら、このことはいかなる偶然も、われわれの個人的な好みへのいかなる配慮も、行動の規則を定めるというわれわれの義務の指図を乱すようなことはないと保証していないだろうか？最終的に人が自分の自我の甘やかしだとか移り気な理性の誘惑を断ち切るのは、冷酷ではあるがおそらく必要な、こうした服従によるのではないだろうか？　この規則に私が恐れをなすというのに、この規則に従うよう私に強いる者は、もし私自身でないとしたら誰なのか？　はじめての誘惑のせいで諦め、放棄してしまう義務、禁欲とは何なのか？　それは規則でもなければ命令でもない、偽善的な自由思想であり、空虚な儀式だ。私が身を捧げた定言的法則に従うことがもし全然辛いことではないとしたら、私の勇気は、それに私の自由はどこにあるのだろう？

しかも、もし色盲の人が毎回決まって赤信号で立ち止まることができるとして、彼が左右ちぐはぐな色の靴下を履いていることが何だというのだろう？　彼は赤信号の赤に対して本当に立ち止まっているわけではないといって、彼に反論することができる者がいようか？　現実には、それに信号が赤だろうが「赤」だろうが、結果は同じであり、したがって区別することはできないだろう。あるいは、私が自分に仮定するふりをした議論の相手、その相手自身がかく言うであろうように *Wenn sich alles so verhält als hätte eine Tat Bedeutung, dann hat sie auch Bedeutung.* 〔ウィトゲンシュタイン『論理哲学論考』の一節を書き換えたもの。「もしある行為があらゆる場面で意味を持つかのように見えるのならば、その行為は実際に意味をもつ」の意〕。

道徳的・形式的反論よりも美学的反論の方が遥かに私の心を惹きつけた。美学的反論に対して反論するために私が挙げた論拠は次の通りである。知り合いを殺すことにおける非道さ、容易さは、あらゆる活動においてと同じく、不可避の運命というわけではないのだ。もしも殺人が何らかの非人称的な規則に全面的に一致した供犠として構想されうるのならば、殺人はその時、不名誉な動機から免れる。つまり殺人は自由であると同時に完全なものとなるのだ。アブラハムやアガメムノンは、神の厳命通りに悲劇的な選択あるいは特異な選択の命に従うが、結局は超越性に幻滅したわれわれの世界においては、私の殺しの規則は、最後の可能な定言的形態である。あるいはまた、次のようなことも言える。もし言葉にできないことを言おうとしたり、存在しないものを表現しようとしたりしなければ、その時初めて、言葉にできないことや存在しないものは消滅せずに済むだろうし、言葉にできない虚無はおそらく、言葉にできぬままに形を持つことだろう。

私の腹は決まった。私は屑鉄《スクラップ》の山の入り口に到着するだろう。私が滞在しているあいだに、飛行機が近くの滑走路から靄のなかへ離陸し、ジェットエンジンが要塞の上を酷く近く、酷く低く轟いて、金属の洞窟のなかで谺を呼び覚ます瞬間がいつか訪れるかもしれない、悲劇的な共感のような、郷愁のような谺、飛翔と致死的なスピードに対して廃棄物が抱く郷愁にも似た谺を。キャデラック氏はそこにいるだろう、彼の迷宮の真ん中で、屑鉄の山の上に座って部品を選り分けているだろう。私の訪問に、どんなにか驚き、喜ぶだろう。彼はコーヒーをわかすために吹管の炎で水を温めるだろう。私に話をするだろう、下品な話であれ巧みな話であれ、必ずや俗っぽい話を、その話は、ブリキの容器に入った水が沸点に達するために必要な時間だけ続くだろう。ガヴァガイという、目も見えず耳も聞こえない雑種の犬が、私に挨拶するために彼の小屋であるところの洗濯機の回転ドラムの中から出て来るだろう。ガヴァガイはぐるぐる歩き回り、お気に入りの赤いパナール〔フランスの老舗自動車メーカーの車〕におしっこをひっかけ、消音器《マフラー》の山に攀じ登ってガラガラ崩してしまうだろう。ホースの迷路に迷い込み、傷ついた鋼板でできたあの墳墓、祖国カルタゴのために大いなる供犠が捧げられる日のモレク神の彫像のように鳴り響く石棺の残骸のなかで静かに唸るだろう。さて、コーヒーを飲み終えた私は、二人のあいだの古い習慣をやり直そうとして何らかの思い切った取壊し作業にとりかかろうとでもするかのように、錆と油っぽい泥のなかに塗《まみ》れているハンマーをさっと拾い上げるだろう、そしてベルゴットの額の真ん中めがけて振り下ろし、彼を撲ちのめすだろう。ベルゴットはボルトの箱、ピストン、壊れたラジエーターグリルの断片のあいだに仰向けに倒れるだろう。子どもが捕まえようとする蝶を見るように、彼の眼差は黄色い車体の貴い小さな面に注がれるだろう、その車体は車庫の隅でまだ彼の視界に入っているのだ。彼はたぶん、自分がまだ磨くつもりだった塗料の何層にもなった塗りのことを考えるだろう。彼の唇は動くだろう。繰り返しこう言うだろう、たとえあなたには聞こえなくても、「でこぼこした黄色い車体の小さな面、黄色い車体の小さな面」と。
もう一度腕を振り下ろして、ぶちのめすだろう。彼は死んでしまうだろう。
永遠に。

シンコペーション

「ブロック」は、彼の筆名と同じ名前の通りに（道幅は狭く、それだけが待ち伏せの場所として必要な条件だった）真夜中ごろ、辛うじて人が一人通れるほどの幅の、ゴミ箱とファサードのあいだにある洗礼の隘路を通り抜けにやって来たが、おのれの運命に従うために百四十番目に姿を現わした彼が、この後私をどこへ連れて行こうというのか正確に言うことはできそうにない。彼はそこから二百メートル離れた地点で直角に交わる別の通りに入ってゆき、それから（用心深く何秒か待った後で）彼を追って私もある建物のなかに入ったが、そこがどういう場所なのかを示すような看板や目印、名前は一つもなかった。建物の正面は暗く、扉は頑丈だった。その夜青色《ナイトブルー》の断崖を二人の無表情な用心棒が警備していた。

中に入ると、古い大型客船に乗り込んだかのようで、船倉の底にある不可視の機関室からガンガン響いて来る音によって船は揺すられ、ズキズキ疼いている。低周波音が壁を伝い、足下の床は震え、縦に揺れている。あなたが一段ずつ船倉へ降りて行く間、この鈍い振動はもっとはっきりと感じられるようになる。ズシンズシンと鳴るリズムの一つひとつがあなたの奥深くに沈み込み、手足の内部で打ち、動脈を流れ、心臓を叩き、壁や階段を攻撃した後、削られ抉られ同じ位相に合わせられた囚われの操り人形、哀れな鉦鼓《しょうこ》に襲いかかってゆく。

肉体が、あらゆる場所に肉体がある。階段沿いに並んでじっと動かず、鏡張りの壁にぴったり張りついて、鏡に映し出されて引き裂かれ、バラバラに散乱している。

鏡の底で、まなざしは他のまなざしを窺っている。

巨大なバッフルに囲まれたフロアの中央では、明滅する回転灯の下、痙攣する群衆が低音の連打に押し潰され、リズムマシンのメタリックな音に砲撃されている。ときには、韻律学における語中音消失《シンコペーション》〔単語内部にある音の脱落〕、ブラックホール、楕円が、群衆の縦揺れを宙づりにし、中心を弛めてしまいそうになる。群衆のマグマに囚われた肉体、鏡に囚われた肉体、視線の網をマグマが痙攣させているが、乾いたリフ、古いメロディーの連続する細胞《セル》は、クローン化され、継ぎ合《スプライス》わされ、繰り返されてバッフルからバッフルへと伝播し、そのマグマを新たに強打し、押し戻している。

この肉体のなかから私は「ブロック」を探した、ブラックライトが交錯する幽霊のような薄闇で彼を見分けることができるかどうか定かではなかったが。私の目は他の目とぶつかった。鋭い焼けつくような剣の切っ先を巧みに躱《かわ》すため、後退しフェイントを掛けるフェンシングの試合のような、強烈な視線の応酬。

辺り一帯を滑るように肉体が動き、私の体を掠め、ぶつかってくる。誰かの眼差が私の上をさまよい通り過ぎてゆくのを、誰かの目が一瞬私の目を見据え、離れていくのを感じた。束の間、踊る人々の塊がスポットライトの光線の下で切り裂かれた。この間に生じた光と空白のお蔭で、ブロックの姿が見えた。バーカウンターに背を凭せて肘をつき、上体を後ろに反らした尊大な影像は、まったく動かない……瞳の揺らめきと、目の前の人波をちらちらと探査する瞳の動き以外は。まるで、その表面に文章か言葉を読もうとしているかのようだった、人間の肉体が音節であり、震える拍動《リズム》が構文ででもあるかのように。

一人の男がやって来て彼の傍でカウンターに肘をつき、ジーンズのベルトのところまで裸になったダンサーにまっすぐ視線を釘づけにした。ブロックは隣の男の方へ顔を向け、男のまなざしが辿る不可視の線を追った。

ブレイク。乾いたドラムの音。ストロボスコープ。上半身裸で踊っていた男が、かわるがわる閃光を浴びて分解され、手足は増え、四角に切られて、――そして、次々と散らばってゆく……。

シンコペーション。黒い夜。心はずらされ、衰えてゆく。

低音が暴走し、あなたの心はそのどよめきのなか。

明るさが戻る。鏡を貪り、剥き出しの肌を汚す、赤々と燃える溶岩に引きずられて。

私はストロボスコープで目が眩んだまま、姿を消したブロックのまなざしを探す。

それは私の上に据えられている。

ふたたび捕らえたかと思う間もなく視線は逸らされ、私を突き抜けて、私が背を凭せている鏡の向こう側へ消えてゆく。

彼の隣にいた男は姿を消した。

ブロックはゆっくりとカウンターから身を離し、汗にまみれた肉体のマグマのなかへ呑み込まれてゆく。上半身裸の男の周囲にできた渦が、輪のなかへ彼を引き寄せ、輪の向こう側に彼を投げ出す。引き汐が彼を渦から遠ざけ、押し流す。それから彼は斜めに進み、反対側の端に向かって人の群れをかき分けてゆく。

私の左手で、きらめく壁に扉が浮かび上がり、その入り口にフレーミングされた私が見ていると、彼は肩越しにちらりと私を一瞥し、渦の中にいるダンサーのところまでさっと目を走らせた。なおわずかの間、彼は躊躇している。

彼は暗い部屋に姿を消した。

上昇

文学とは精神的なもの《コーザ・メンターレ》だとあなたは思っている。けれど、私が思うに、文学とは致命的なもの《ショーズ・モルテル》なのです。あなたが読むものがあなたを殺すでしょう。このことを本章で証明してみせましょう。品揃え豊富で、スーパーマーケット並みに個性のない大型書店の書棚で、週間売り上げチャート一位の本がどこにあるか確認してください。山積みになったその本は巧みに配置されていて、売り場はゆったりと設置されている。本には適度な厚みがあり、タイトルは好ましく、表紙は魅力的だ。性描写はあるが少しも過剰ではなく、階級は感じさせても敵をおびやかすほどではない。

その本の冊数を数えてください。台の反対側に陣取って作品の売れ行きを観察してください。待っている間は気晴らしに他の本でも読んでいることです。その作品の競合商品が、手の届く範囲にもっとひっそりと、あまり目立たずに積まれている。そこに立ったまま、あちらこちらから誰かの発言を集めてください。例えば、犠牲者となる女読者を無感動に待っているベストセラーの購入者一人につき一つの言葉を。優美な死骸のように、運命の本が売れるリズムに合わせて、次の人の台詞からすばやく採取した屑肉で短い寓話を作り、その記憶術を使って、在庫状況の帳簿をつけるのです。

そんなふうにしてあなたはヴェルデュランをリクルートするでしょう。ほら、とうとう彼女が近づいてきて、物欲しそうに指を伸ばす。広く好評を博していると存分に吹聴され、穏やかな悦楽と思慮深い失神を彼女に約束している平行六面体に。

彼女のすぐ後に続いてレジに向かいなさい。あなた自身が買う物、厚紙でしっかりと装丁された綺麗な大型本（お菓子の百科事典とか、大海難事故の小図鑑など）のお金を払いなさい（現金で払うのです、読者よ。現金で！）。

路線バスに乗ります。切符を打刻しなさい。

徒歩で追います。あなたが選んだ読者を取り逃さないように。

建物の入り口。一度だけ、少し大胆になりなさい（あなたは本を手にしている。これは効果覿面のお守りではないですか？　被害者はあなたを見て安心するはずです。本を読む男の何を怖がることがあるでしょう？）。

「ヴェルデュラン夫人」に微笑みかけなさい。礼儀正しくしなさい。古い型だということが見て取れるがたついたエレベーターの扉を、彼女のために押さえてさし上げることだ。彼女に行き先を尋ね、自分はそれよりも上、なるべく一番上の行き先を言う。手際よく指先でボタンを押したまえ、裏切り者のエレベーター・ボーイ。

上昇開始。

中二階。本を胸の高さまで持ち上げなさい。祈禱書のように、聖体顕示台のように。

二階。肘をさっと発条《バネ》のように緩め、あなたの守護聖人《おんなしゆじん》の咽喉に本の縁を一閃させなさい。彼女の喉頭をつぶし、呼吸と喉笛をぶった切り、彼女を壁に打ちつけるほどの強さとスピードで。

三階。今度はもう一度本の表紙を振り下ろし、ありったけの力を込めてヴェルデュランの鼻を叩き、彼女の鼻尖、頭蓋内部の篩板を押し上げなさい。

エレベーターの壁にぶつかって頭蓋が跳ね返ると——四階——、両手で頭をつかみ、指を額にまわし、手の平で顳顬《こめかみ》を押さえて頭部の周りを親指で締めつける。そして、その頭をすばやく後ろに引き倒す。

突然、彼女の体が弓なりに曲がる。五階。あなたと彼女の体が向かい合っているこの狭いケージのなかで、体の描く屈曲《カーブ》があなたの腹部の接線《タンジェント》にぶつかり、それ以上前に出られなくなる。その結果として鳴ったぴしりという音は脆い頸椎が砕けた音だが、最終ターンで——六階——、頸椎はすっかり砕けてしまい、そこから頭をねじって取り外すことができそうだ。

あなたは最上階に到着した。少しの恥じらいもなくあなたを壁に押しつけているヴェルデュラン夫人を押し返しなさい。あなたを締めつけている彼女の体からそっと抜け出すこと。エレベーターの外に出なさい。エレベーターの扉には、床に放り出された本を挟んで止めておく。ヴェルデュラン夫人の本でもあなたの本でもどちらでもよい。これらの平行四面体はいずれも同じように、その内容からは予想もつかないような使い方をされ、内容からは予想もつかない実用的用途を持たされたのだった。

帰りは階段で下りなさい。

「あなたはこんなことがずっと続くと思ってるんですか、暁に死体が発見されて……」

「……それに、真っ昼間にも……」

「……見るに堪えない格好で、なんてことが？　遅かれはやかれぜんぶポシャりますよ」

「じゃあ、あなたはどうなればいいというのですか？　私が悔い改めて宗旨替えし、少女たちへの恋や社交生活、西洋文学の主要作品の注解に勤しむこと？

私が逮捕されること？　推理小説の読み過ぎですね。大通りのオイディプス！　見世物小屋《グラン・ギニョール》のモーセ！　憐れをもよおす田舎者！　どさまわり役者！　ペディキュア師！　犯罪のクロスワード・パズル愛好者！

私が拘禁されること？　警察に？　司法に？　冷血でがさつな人種ですよ、公務員という奴らは。ストーブとタイプライターの後ろに隠れて調書を垂れ流したり、その下に判決文をひり出したりする……。

私が射殺されること？　私は死んでもいい、もし模倣不可能な犯罪の実例を残せるならばキャリアが短くなったって構わないのです。この上わが身に降りかかるかもしれない最悪の自体とは、追随者を生むこと、あるいは図々しい詐称者か卑屈な模倣者に私の犯罪やパロディーを横取りされてしまうことなのだから……」


私の八人目の犠牲者を助けに誰かやって来ましたか？　誰が彼女の仇を討つでしょう？　花咲く乙女たち通り八一六番地の居住者ヴェルデュラン夫人から三つの文を隔てて八二六番地に住むブラバン夫人、日刊紙『デバ』の購読者である彼女のために、誰が裁判を起こすでしょう？　三つの文、これがプルースト国の首都の街区にまだ存続しているすべてです。登場人物たち、生き残りたちが住む言葉の織物はどこもかしこも陥没し、さながら大空襲《ブリッツ》後のロンドン、降伏前のベルリンだ。われわれの殺しと共に、後見人である原典《テクスト》は止むことなく削られ、ぎざぎざになり、彫琢されて廃墟に――不滅の、さらに不滅の廃墟に――なる。原典《テクスト》を浸食するのは忘却ではないし、テクストが抉られ放棄されるのは読者の疲れや怠慢のせいではない。死というこの時の見えざる手が、テクストを分解するのです。

横断歩道を渡ろうとして車道中央のまだ信号のある辺りで転倒した憐れな女性、見ず知らずの女性の死を悼むために誰が裁判を起こすでしょう？

読者よ、あなたですか？

あの遠い日の朝、あなたはフランソワーズの台所で（スワン殺害の物語に満更《まんざら》でもない様子で耳を傾けた時のように）自分に取り憑くことになった道、共犯という命取りな道があなたの内部に広がるのを危ういまでにそのままにしておきましたが、そんなあなたみたいに、面白そうで気晴らしになる光景に眺め入っていただけの人々、眺め入っていると思っていただけの人々に対して残酷な行為が際限なく産み出す痛ましい結果を、私はあなたの目にまざまざと見せなくてはなるまい。

「ブラタン夫人」は排水溝の上で脚を伸ばした時に自分がルビコン河を渡って運命の賽に身を投げ出したことを知らなかった。信号が赤に替わった時から数えて、三人目……。彼女を出迎えるため私は道路を渡った。三歩で彼女とすれ違いざま腹に一発ぶちこむ。一歩進んでさらにもう一発、発射されたのは私の外套の隠しから、使い古したワルサーP38（今は亡きキャデラック氏からの——ご存知でしたか？——贈り物です）の銃身の先端にサイレンサーをねじ込んだ状態で。もう一歩進んだ時には女を追い越していた。おそらく彼女は歩道に頽《くずお》れるだろう。そして背後で鳴らされたクラクションの嵐、振り向きもせず平然と私が歩き続けていた間に聞こえた苛立つエンジンの唸りが、彼女のお告げの鐘《アンジェラス》、彼女の唯一の弔鐘となったのだ。

　警察は人《コール》や車を交通整理する。苦しみながら命を落とすことによって、憐憫の情に逆らって行動する苦痛を卑怯にもわれわれに感じさせるのみならず、車の走行にいくらかの遅延までも引き起こし、道順に何がしかの逸脱をもたらすようなデリカシーのない物《コール》、倒れている死体《コール》に関していいえば、いやはや！　路肩に放置しておけばいい、そして刑事《デカ》に一杯食わせてやりなさい……。

　私の仕事は進展する。私は私の規則であり、文学殺戮《リテラチユエリー》のベネディクト会修道士、独住修士だ。自らの洗礼を称え、生成する文法か、さもなくば関係づける代わりに切断する言葉と文に従って、冒瀆的で孤独な祈祷を作り出すのだ。

　だが任務は重大である、あれほど多くの登場人物を破滅から救済するという任務は。あの辺獄《リンボ》を無人にすることがまさに可能であると仮定し、他の小説（その中には手つかずの蔵書がある。死伝《タナトグラフィー》とは果てしない石切場だ）を搾取しようと画策するのはやめておくとすると、私は常に自分の物語に対して自分自身の武器を向け、最後の手段として『分解』〔本書の原題〕それ自体を分解することもできるだろう、この作品の文に合わせ、同一の文法に従って新たに一続きの殺人を産み出し、そうやって、常《とこ》しえの螺旋を描く贖《あがな》いの犯罪に着手するのだ……。

「屍だけでは足りないんですか？　屍の屍が必要だとは！」

「あなたの屍の亡霊の屍を、私は手に入れるでしょう」

　私がどのような犯罪を犯そうが、過去の幾多の戦場を次々と眺め渡してみるならば、それが何だというのだろう？　就中《なかんずく》おぞましい現代の殺戮、無名の人々の絶滅を鑑みれば。それに、簡易的な処刑や大量殺戮、塹壕戦、砲兵隊に耕された土地、飢餓の工場、工業化された絶滅、といったものまで考慮に入れるとするならば……。

　私たちの前に開かれている単数殺人の限りなき連鎖など、こうしたことと比べたら何だというのでしょう？　手の込んだ供犠、記憶とメランコリーの技法……。プルースト自身も私を赦してくれている、「人は個人的な罪は赦すが、集団的な罪へ加担することは赦さない」というわけだから。

歴史のこの段階において、まだあなたが切に願うことのできる唯一の安らかな死とは、フィクションを鑑定するという仕事なのです。それ以外は、現実の合理的かつ幻想的な歪曲でしかない。あなたは鼠みたいにくたばるでしょう……。

　けれど、あなたにはなお選択の余地がある。

　追いまわされ、移送され、タールマカダムで舗装された街角の道端で飢餓に苦しむ群衆の、伝染病の悪臭と突然の激しい窒息のなかにいる野鼠。あなたの肉体、この腐乱死体は、野良犬たちに貪られるか、ブルドーザーのブレードの餌食になるか、生石灰の墓場行きだ。あるいはイノックスとガラスとネオンでできたケージのなかで、オシロスコープのコードや点滴の細い管、人工送風機のポンプに接続された実験室のラット。あなたの肉体、この小さな細胞の虚しい堆積は、その秘密を知りたがっている解剖、顕微鏡、制御装置《シーケンサー》にゆだねられる定めだ。

　あなたは自分を誰だと思っているのだろう？　自らの不幸と悔恨のために現世に放り出された不死の魂、永遠なる物質と原理？　実体なき意識、失われ過ぎ去った時の豊かな凝灰岩《おくそこ》から採取された亭々《ていてい》たる記憶の円柱の頂に、竹馬に乗っかるように置かれた心的な像？　あなた個人のアイデンティティに関する数字や符号を表現可能なコードとして一本一本刻んだ、精巧な繊維が描く唯一にしてオリジナルな螺旋？　それとも、あの高みで、あなたの両目の後ろにある黒い箱のなか、中央に身を潜めた、「私《わたし》」陛下？

　それにもし、あなたが自分の信念を存在の真の動機だとか事実と取り違えてしまうほどに理性と信念をフル稼働させるとしたら、あなたの肉体とは何なのだろう？　ゴミ、腐敗する物質、感覚の物質的媒体か、はたまた、果てしなくずっと輝かしい抽象的符号……。それがどんなものであれ、恐ろしく忌まわしい代物《しろもの》であり、その儚さに人々は眉をひそめ、われわれの知性は辱められる。それを前にしては知性によって論理的に創り出されるすべての物が消えてしまうあの鈍感なもの、それとともにすべてが消えてしまうあの鈍感なもの、それは単数の身体である。体が痩せこける恐怖があなたを精神と肉体の分離に駆り立てる。この肉体を、この世界を、あなたは厄介払いするまで引き下がらない、そして肉体と世界を亡霊と交換し、世界を二重にし、肉体を二重にするのだ。なぜなら、この世界とは御し難いものであり、そこで犇《ひし》めく体はわれわれに所有されまいと巧みに身を躱《かわ》すからだ。この犇めきのなかで、おのが惨めさにわれわれの心は苛まれる。身を躱す者を諭すこと。素晴らしい計画だ。言語《ラング》、物語《レシ》、模像《シミュラークル》など、より力強く、より真に迫ったフィクションの手法、自分の亡骸と決別させてくれるフィクションの手法を日々われわれに与えてください。腸煽動音から象形文字に至るまで、アルファベットからオクテットに至るまで、コドンに至るまで、Words, Words, Words Inc. による相次ぐ形質導入は、象徴において肉体から最終的に離脱するよう私たちを絶えず導いていく。

こうした世界のレプリカ、非物質的な生き写しをあなたは大変な苦労の末に自らのために作り上げたわけだが、あなたはこれが瓜二つであること、ひたすらもっと完璧であることを望み、いずれにせよこれが瓜二つで完璧だとみなしている、そして、あなたの望みがなくてはならない錯覚を補っているのだ。あなたはゼウクシスの葡萄を摘みに行ったり、髯剃り用の皿を頭に被って風車との戦いに出発したりしたものだ、かの冷淡なロッテへの恋のために拳銃自殺したこともあるし、ラ・

シオタ駅に入って来た列車があなた目がけて突進してきた時には恐怖のあまり散り散りになって逃げた〔リュミエール兄弟による短編映画の内容〕こともある……。今あなたは、自分がそこで生きていると信じている仮想的な都市の通りを漫《そぞ》ろ歩いている。そして、自分が純粋な眼差しであることに満足することのできないあなたは、このもう一つの世界で自分の姿を表示するために、自分の分身、アバター、カタログから選んだヴァーチャルな代理、借り物の体、すぐに着用できて《プレタポルテ》すぐにサーフィンできる操り人形《マヌカン》を出現させる。あなたの身代わりの体、ヴァーチャルな体は仮想空間《サイバースペース》を漂う。オクテットでできた骨格、0と1からなる靭帯、シリコンの箱のなかの人工合成された記憶の遺骨。はやくも遠隔地にあるマシンがあなたに申し出てくる、分身のためにあなたが選択したプロパティ――名前、性別、性的指向《セクシュアリティ》、色、外観……これら些末な属性《プロパティ》はカテゴリーを破壊して発見される――を孵化しましょう、そしてあなたが渇望する精神と感覚の高ぶりを付与された、怪物じみた仮想の「体」を生み出す手助けをしましょう、と。

　投入しなさい、それを、そのアバターを、他のアバターのなかへ。そして自己を増殖させ、ネットワークのさまざまな地点でいくつものヴァーチャルな生を生きなさい。アバターの苗字は軍団《レギオン》、下の名は遍在《ユビキタス》。前進するあなたの作品の後を追いなさい、控えの間で待ちなさい、サロンを開きなさい、壁にへばりついていなさい、舞踏会で、美術館で、売春宿で……。

　そうしたことすべては今のところ、せいぜい3Dの世界……。だがわれわれはそうした幻影をスクリーンの枠の外へ押し出して加工し、自分たちの環境に導入し続けるだろう。じきにコンピュータで操作する立体映像《ホログラム》も実現可能になるだろう。そうなった時あなたは、特別に改装された何らかの暗い部屋のなかに身を落ち着け、目の前の空間に自身の幻を召喚し、個人用のチューリング機械に対して、彼方の世界で発せられるあなたの世迷い言に姿と顔を——体を与えることはできないから、それにとりわけ、体の絶対権力から逃れるために——与えるよう厳命するでしょう。あなたは自分が砂漠を歩いているところをじっと見つめます、虹色の蜃気楼《ファータ・モルガーナ》、レーザーによって織られた光量子《フォトン》の雲霞を。あなたの脳のガルバーニ電気のインパルスが、電子召使いがてきぱきと同じ数だけ発する命令と一緒に抽出され、復号《デコード》され、解釈され、感覚と知性のシミュレーションにとって必要なすべての家具調度が暗い部屋を満たすでしょう。あなたは輝く夜のなか、自分が誰か他のアバターと、地球の反対側にあるハードディスクの居住者と愛し合っているところをじっと見るでしょう。世界の反対側にある、あなたの部屋と寸分違わない暗い部屋で、といって、実のところそれはもう一つの宇宙ともいえるのですが、そこであなたのヴァーチャルな体の精巧なガラス製レプリカは光を受けて金や緋色にきらめき、あなたが存在しない場所で実体を持たぬまま快楽を味わうのです。

私たちの生は、最後にはバークリー司教 Bishop Berkeley が夢見た独我論についての列叙法になるでしょう。そして、その独我論にはもはや神は存在せず、世界を創造する何者も存在しない。談話の世界にさえも。

あなたは気が狂ってしまうでしょう。でも狂っている、あなたは既に、それも完全に。あなたが現在置かれているこの矛盾した状態において、動かずにじっと座ってこれらの行を読みながらページの上の言葉があなたの頭蓋の暗い箱のなかで幻を喚び出している間は。規則的で体系的な幻覚とはあなたの願望であり、あなたの唯一の娯楽なのです。

ホログラムの実現を待ちわびながらも、ガラスの下にある世界の代用品《エルザッツ》で満足しておきましょう。その代用品に、私たちの悦に入った目と脳は、ほんのわずかでも真実らしさがあると思いたがっているのです。会話したり、色んなアバターと交際を結んだり、社会的・交接的遺伝の糸を紡いだりする楽しみのために私がその世界を巡回しているなどと思わないでください。そう、このもう一つの世界とは世界のレプリカでしかなく、設計図にすぎないのであって、そこではプログラム不可能なもの、あらかじめコード化されていないものは一つも表すことができない以上、未曾有の出来事は起こりようがない。そこで人々が新奇な生活を送ることができるほど、想像力は豊かではないのです。少しずつ羽を伸ばしながら自分のやりたいようにやるのがせいぜいです。

私はその世界でくつろいでいる、骨が折れる仕事から解放されて。私が日々行う情報処理のタスクとは、電子図書館やオンライン上のデータベース基盤への侵入プログラムを作成することであり、その目的はといえば、ネットワーク上に存在すると考えられる『失われた時を求めて』のすべての複製からそれとなく固有名詞を削除すること。盛大なるアーカイヴ、荘厳なるデータバンクのロックを解除し、防御を突破し、ファイアーウォールを乗り越え、監視システムを無効化しなくてはならない。だが、言葉は金や秘密ほど大事に保護されてはいないので、するすると作品の中へ入って穴を空ける小さな名詞削除プログラムを大きな仮想記憶室に侵入させるだけでよく、そうしたことは、プルーストの作品の数えきれないほどの物理的刊本の紙のページの中から数えきれないほどの箇所を切り抜くために、剃刀を手にした私が、物質界じゅうに点在する図書館の閲覧室を目指して遥かなる巡礼の旅に出ることと比べれば、それほど危険でもなければ大変でもない。あまりにも沢山の穴と痕跡……。いや、そんなことをしても無駄だとさえ言える。もうじきどこの図書館にも閑古鳥が鳴くだろう、図書館そのものの広大無辺さによって利用されなくなり、あまりにも大規模に、あまりにもだだっ広くなって。もはや発掘作業を行う古文書学者しか訪れることのない、ミイラ化した恐竜。ところが電脳空間においては、昔の作品の非物質的な複製は瞬時に改竄される可能性を有しながら流通するだろうし、増殖する複製はただちにほんのわずかに改竄されるのだ。

なるほど、ほんのわずかにならば。というのも、われわれの電子召使いがわれわれにサンプリングを教え込んだ暁には、誰がまだ読むことができるというのだろう？

だが読者よ、今日は舞踏会の日です。私の代理として、仮の名前と仮の体を持つ操り人形が、毎週末ＧＭＴ○〜三時にマニアのアバターたちが参集する仮想パーティーに出かけます。アドレスですか？　例えば www.theatrum-mundi.alt とか、もしくは www.bodydouble.inc でもいいでしょう。

一部が打放しの３Ｄ建築図面に入り込む（不法に、とはっきり言うべきでしょうか？）。粗雑なアルゴリズムだ、曲線をギザギザのままにしておくなんて。まあいい。大きな陶磁器や、あらゆる様式の寝椅子《カウチ》があるが、これらはオンライン・ショップの商品リストの中からコピーされ、枠内に挿入され、サイズ変更されて遠近法の格子上に固定されたものだ……。そして、至る所にもぞもぞと動きまわるアバターがいる、それも奇妙な格好で。まるでこの仮想世界では地上よりも重力が少ないかのように。それに、途切れがちな音楽に合わせて背後にとんでもなく大きな影を引き摺っている（何をしようとどんなに容量を増やそうと、ネットワークは物凄いスピードで飽和し塞がってしまう。究極のイロニーだ、非物質的な情報の転送が物理的媒体の制限を受けるとは。ビットの流れを放出するファイバー、コード、チャネル等あらゆる性質の帯域幅が、われわれのシミュラークルへの渇望を満たそうと苦労している。物理的媒体、いつも物理的媒体……。われわれをそいつから自由にしてくれるのは誰なのだろう？）。

私はジョイスティックを操作しキーボードでチャットする、ごく日常的なことについてだけ。少しの間立ち寄るだけで三十分でやめて、それから後は身元を伏せたままおさらばだ。カウントダウンを開始し、「仮想舞踏会」というクラッキング・プログラムを起動する。このプログラムを構成するのは「見出された時」の最終場面に登場する人物たちのリストと、彼らの到着を告げる役目を担った従僕、ＢＢという渾名をつけたヴァーチャルな「滅ぼしの天使」的なもの（ああ！　情熱を注ぐすべてのものに奇妙な名前をつけてしまうというしぶとい習慣よ！　それがわれわれの尽きせぬ志向性のほんの一端に過ぎないとしたって……）を動かすソフトウェア、それに片眼鏡《モノクル》、これはヴァーチャルなパーティーで誰かのアバターの上にポインターを置くための一種のルーペだ。さて、私はポインターで選択し、クリックし、モノクルをアバターの頭の中心に置いて、一つの円のなかに書き込まれた円をロックする。この合図を受けて、ＢＢは最後の審判を下すかのごとく、リストの一番上にある登場人物の名前をコンピュータのバッフルのなかから高らかに告げる。秘跡のような厳かな瞬間、「小フザンサック！」そこで、ジョイスティックのトリガーボタンを人差し指で押すと、私のマシンが命令を受け取り、自作した小さな削除プログラム、一種の自爆《カミカゼ》ウイルスが回線に解き放たれて、短いバイト列となったプログラムが連射され、モデム、ケーブル、アクセスサーバー、ネットワークを経由し、別世界のこの界隈を要約するパラメータが格納されたサイトまで突き進み、彼方の世界の居住者の記述ファイル目がけてまっすぐ急降下しながら、メモリから私の犠牲者となるアバターの座標を吸い出し、そのアバターを構成するデータの小さなパケットに襲いかかりデータを消去すると、ヒューーッ！　プログラム自体も電子の塵となって散逸する。

モノクルの照準のなか、アバターは逃げ惑い、消去され、ヒューーッ！　粒子たちの大舞踏会に光量子《フオトン》が散る……　わが忠実なる従僕ソフトウェア、凛々しいBBが唱える名の連禱のなか、次の人は……シャテルロー公爵！　ヒューーッ……　ヴィルパリジ夫人！　ヒューーッ……　アルジャンクール氏！　ヒューーッ……

二十六分間かなり集中して、彼方の世界の社交パーティーを荒し回った。『失われ見出された時』という小さなゲームにおいて、私は時であり、大いなる時なのであって、音もたてず大騒ぎも起こさずに、ただ電子が舞い散るなか、彼方の世界から人間を減らし、ダンスホールからすべての人間を一掃するのだ。

そして、姿を消さなくてはならない時が来る前にまだ四分だけ殺す時間が残されているし、私のコマンド作戦の後では、ヴァーチャルな壁、酷く見栄えの悪い家具、絵や花瓶しか残っていないので、レオニ叔母の長椅子を運び出したり、巨匠の絵画を収めた解像度の低い葡萄蔓模様のデジタル額縁をふわっと消したりすることに専念し、そして最後の最後になって、立ち去るすぐ前にラスト一発を発射してみると、命中！　壷を割った。
LOG OFF LOGOS
HIT <RETURN>

（無題）

線路から線路へ、ぶつかり合う車輪がシンコペーションを鳴らし、あなたはかつて自分が乗車した駅をふたたび目にする、取り壊される予定のその駅の大きなガラス張りの屋根は鳥の糞で曇り、褐色のバラストは色褪せて灰色になり、線路の稜は赤錆に覆われてくすんでいるが、列車を見かけるのは稀で——一日に発着する本数は掲示板に記された数行のみ——錆を落とすには至らず、執拗に流れる酸性雨が緑色の車両に茶色の縞を入れている、そんな駅をあなたがふたたび目にしている間、下げた窓から夜の不安定な空気が流れ込んでくるくると渦を巻き、その襞のなか、寝台の上に孤独に横たわる旅人の鼻孔に見えない風景の便りをもたらし、動かぬまま旅人は投げ出され、風景を横切ってゆく、湿り気のある香りのうちに濃縮された草地、下草のすべらかな緑、腐植土、苔、澱んだ水のほとり、あなたがまだ吸い込んでいる昼の暑さの名残を夜の蒸気に変えて放つ道路のタール、そうしている間にも汽車があなたを運んでゆく夜のなかでは、眠り込み、もの言わぬ、閉ざされたいくつもの世界が、あくがれる旅人の意識とは逆の向きへ流れ、世界の光が薄暗い客室の壁にまで差し込むようになると、そこに束の間ゆらゆらと色硝子がたなびき、車窓に囲まれた黒い空の一面から世界が消えてしまった後もなお光り輝いている、それは無人の駅々を通過してゆく時の燃えるような輝き、流れ星、仕切り壁にひっそりと嵌ったガラスフレームの下の白黒写真の表面を通りすがりにぴしりと打ち、駆け抜け、掃き清め、焼き尽くす幾筋もの線で、たとえ写真が暗がりでは見えなくても、照らされるや読めるようになるものだとしても、あなたは写真に見惚れている、それも執拗に、なぜならその写真は暗室の闇を切り裂く光の束、うつろう朧げなイメージによって押し戻された布地と素肌を彩る光の束をあなたに思い出させるからで、うねる布地の襞のところではブルーフィルムの青白い幻がいつまでも揺れ動き、ふくらみ、歪んだ像を結び、光の束が遮られる辺りでは奥の壁に押しつけられた複数の体が縺れ合って揺れ、想像不可能な体の波の上に探索不可能なイメージの波が投影され、ある体は他の体によって可視化され、彩られた体から別の体が想像される、そうした体は互いに打ち消し合い、輪郭はぶつかり合っていたけれど、あの光の束の思い出は、そのざわめきの中であなたにいくつもの体の匂いを運んでくる、暗い部屋のなかであなたの腕の間から虚無に向かって滑り落ちていったいくつもの体の匂いを、ああした体と同じように、隣の客室の暗がりで眠っているところをあなたが凝視《みつめ》ている女、あの女もまもなく死ぬだろう、彼女は眠っているのだからそれだけでもう彼女を殺すという可能性は現実味を帯びているのだ、なぜなら彼女に見られることはないとあなたには分かっているからであり、それに、目を閉じ意識を失ってゆくにつれて、彼女は人間としてのさまざまな性格を一つまたひとつと脱ぎ捨ててしまい、もはや植物や樹木の無意識な生命によってしか生きないだろうからで、その生命は、あなたの生命から一段とかけ離れた、一段と奇異なものになるだろうが、しかもそれでいて、ますますあなたのものになるだろう、それゆえ、みずからの肉体の中に逃げこみ、閉じこもり、縮こまった彼女をあなたは自分の眼下に、手中におさめながら、彼女を完全に所有しているという印象を持つだろう、そんな彼女の生命はあなたに委ねられ、軽い息をあなたのほうに吐くだろうし、彼女が眠っている間、あなたは彼女が死ぬことを夢想しながらも彼女を凝視《みつめ》ることができる、そんな彼女の名をあなたは繰り返し口ずさむ、アルベルチーヌ、駆ける車輪のリズムに合わせ、アルベルチーヌ、擦れ合う金属と金属、アルベルチーヌ、線路から線路へ、その衝突を、音の粒立ちを、あなたは心臓で鳴らしておく、あなたの裡に深く入り込ませておく……。あなたは眠り込んでいたはずだ、最初の瞬間、自分がどこにいるのか自分が誰なのかわからず、すべてが、いくつもの物、いくつもの部屋、いくつもの夜が、暗闇であなたの周りを回転している。車輪の回転が止まった時、夜明けごろ終点に着くはずの国境行き列車の寝台に、あなたは孤独に横たわっている。あなたは起き上がりたいと思っているけれど、あなたの足許、向かいの窓枠のなかに一人の女性の姿が見え、裸の後ろ姿は、光が溢れる客車のなか、あなたから数センチメートル離れたところで、腿の半分より下を車窓の枠によって遮られていて、両腕はあたかも荷物置き場の細い棒に両方の手首を括り付けられているかのようにVの字を描き、長い金褐色の髪は腰までうねっている、その彼女の体に隠されて後ろには別の体があるらしく、あなたが見ていると、一本の手が彼女の髪のウェーヴを探り、彼女の頭はゆっくりと後ろにのけぞって撓んだうなじはまるで無造作に投げ出される、すると横向きの顔が現われて彼女の体に唇を押し当てたまま、裸の体に沿ってスローモーションのように下りてゆき、あなたがその緩慢な動きを目で追いかけてゆくとついに顔は向きを変えて正面を向く、両目は閉じたまま。この閉じた目を自分は見られることのないままあなたは見ているけれど自分が眠っているのか目覚めているのかあなたにはもはやわからないしこんな風に見知らぬ体に覆い隠された顔がアルベルチーヌと名づけた女性のものなのかどうかわからない……。あれほど激しく照らされていた光景が突如ゆらぎ、左へずれ、その光景を囲んでいる暗い面へすうっと入ってゆくようだ。列車が動き出した今、あの体、あの顔は、逃れ、呑み込まれ、あなたから遠ざかってゆき、列車はあなたを夜のなかへ運び去り、周囲の闇のなかに浮かび上がるあの黄色い光の小さな面からあなたを引き離す、その闇に向かって引き離されまいと腕を差し伸ばすが、二つの体はするすると遠ざかり、遠ざかり、まもなく消えてしまうだろう、まるで無慈悲な黒いカーテンが窓に引かれたかのように、そしてあなたから光り輝く世界、永遠に閉ざされた世界を奪い去ってゆく……。接近しながらどんどん甲高くなってゆく低く長い唸りとともにすぐ傍を通過してゆく列車が、立ちはだかる空気を追い散らし、その余波で仕切り壁や寝台、窓ガラス、あなたを震わせる。あなたが腕の先に構えたワルサーP38の銃身から火の言語が迸ると、体と光は霧消したが、闇の中からふたたび眩い光が現われて、また新たに十字架に磔にされた体がすうっと立ち現われ、熱く透明な材質でできた枠に嵌め込まれる……。なぜあなたはまた新たに引き金を引くのか？　幻は爆発し、散り散りになって消える、かと思えば永遠に埋葬されたかのように見えた夜の底からさらに速く、さらに密かにあなたの足許に立ち戻る、そしてあなたは絶え間なく現われては消えるこの儚い色硝子に対して弾倉が空になるまで発砲するだろう、それから列車は緞帳の房飾りのように引っ込んでゆき、あなたが横たわる停止した列車と並んで走る列車の最後の車両が姿を消すと、二つのテールライトが窓を横切って右から左へ真赤な尾を引いてゆき、果てしなく引き伸ばされた舞台のように、あなたの目の前に開かれるのだ、ぽつんと立つ街灯から降り注ぐほの暗い光の下、輝く転轍機の縞が入る地表が……。あなたは起き上がりたいと思っている、片を付けてしまいたい、隣の客室で眠っていたはずの女を探しに行きたいと思っている、幻に向かって、鏡に向かって夜のなかで発射したすべての弾丸によって痛手を負わせたはずの女、彼女の眠りを殺したい、夜へ逃れたい、sleep no more…

コツコツと仕切り壁を叩く音、次いでもう一度音がしてあなたの心は揺さぶられ、そして三度目が鳴り響くと縮み上がった心臓が暴走を始めて、あなたの頭蓋のなか、鼓膜が破れてしまいそうなほど幽かにドクンドクンとシンコペーションを打ち鳴らす。How is't with you, when every noise appalls you ?　ふるえ、金属の軋み、さらさらとそよぐ空気。あなたは感じている、自分が夜のなかへ滑り落ちてゆくのを、そして、レールの継ぎ目から一つまた一つと湧き起こるボギー車のガタンゴトンというふぞろいな音を聞きながら、あなたの心がふたたび衰えてゆくのを……。

ヴィラ・メディチ、一九九五年一月一日
ＡＡ４４便、一九九九年四月十四、十五日

訳者あとがき

地名ははっきりと示されてはいないものの細部の描写からおそらくパリであろうと想像される都市で、一人の男が「スワン」を殺害するところからこの物語は始まる。だが、「スワン」とは一体誰なのか?

マルセル・プルーストの長編小説『失われた時を求めて』の第一篇は「スワン家の方へ」と題されている。殺された「スワン」とはあの「スワン」なのだ。完全犯罪を成し遂げようともくろむ本書の主人公は、絶対に露見するはずのない連続殺人を構想する。それは、見ず知らずの通行人を『失われた時を求めて』の登場人物に見立てて殺す、というものだ。

作者のアンヌ・ガレタは二十世紀半ばにフランスで結成された実験文学集団ウリポの一員である。この奇想天外な犯罪小説は、手の込んだ言葉遊びとペダンティズムに満ちた、精巧な迷路のような作品に仕上がっている。痛烈なアイロニーとユーモアに憂愁と叙情が入り混じり、彫琢された文章は時に散文詩を思わせる。すでに本書を通読された読者はお気づきのことと思うが、一人称（わたし）から徐々に二人称（あなた、おまえ）へとスライドしていく変則的な語りには独特の魅力が備わっており、読者に囁きかけ、命令し、揶揄し、脅かす不遜な語り手に射すくめられて、読者である私たちはフィクションという危険な遊びのなかへ引き摺り込まれ、そこで戦慄とスリルを味わうことになる。

＊

本書は現代フランスの作家、アンヌ・ガレタの小説« *La Décomposition* »の全訳である。一九六二年にパリに生まれ、パリで育ったアンヌ・ガレタは、一九八六年、二十三歳で処女作『スフィンクス』を発表する。この作品は、主要登場人物二人の性別が最初から最後まで明かされないことで話題を呼んだ。そのオリジナリティと早熟な文体の洗練は、当時、作家や批評家から高く評価され、日本では一九九一年に新潮社から邦訳が出版されている。一九九九年に本書『失われた時を求めて』殺人事件』を発表すると、その翌年、実験文学集団ウリポに加入した。ウリポ（Oulipo）とは潜在文学工房（Ouvroir de littérature potentielle）の略称であり、一九六〇年にレーモン・クノーを中心に発足した。この文学グループの参加者には、イタロ・カルヴィーノやマルセル・デュシャン、ジョルジュ・ペレック、ジャック・ルーボーらがいた。数学者集団ブルバキを手本とし、二〇世紀の前衛運動シュルレアリスムを反面教師として出発したウリポの立ち位置は、本書の第一部第二章「オイディプス&アモック」でも暗に示されている（「無差別殺人」ではなく「ルールに基づいた殺人」を実行しようという語り手の着想は、夢や無意識、偶然を重視したシュルレアリスムに対し、規則に基づいた創作を提唱したウリポのマニフェストを想起させる）。ウリポは現在も活動を継続しており、パリの国立図書館で月に一度開催される「ウリポの木曜日」には大勢の文学ファンが聴講に詰めかける。ガレタはウリポ創設後に生まれた最初の加入者であり、数少ない女性会員でもある。ウリポのメンバーは「制約」と呼ばれるルールに従って作品を制作することで知られているが、ガレタの処女作『スフィンクス』で用いられた「二人の主人公の性別を不明なままにしておく」という手法ものちにイギリスの数学者アラン・チューリングの名をとって、「チューリングの制約」（Contrainte de Turing）」という名を与えられている（チューリングが考案した人工知能判別テストの中には男女の判別テストも含まれており、これにちなんで名付けられたのだろう）。

二〇〇二年、五作目となる小説『ノット・ワン・デイ』を発表する。これは女性同士の恋愛感情を詩的に綴った回想記であり、同年フランスの四大文学賞といわれるメディシス賞を受賞した。同賞の受賞者にはミラン・クンデラ、ミシェル・ビュトール、ジャン゠フィリップ・トゥーサンといった作家が名を連ねており、ウリポのメンバーとしてはジョルジュ・ペレックの『人生　使用法』に次いで二人目の受賞となった。なお、二〇一一年からは同賞の選考委員を務めている。

二〇〇九年にはペレックの盟友であった作家ジャック・ルーボーとの共著『エロス・メランコリック』を発表している。最新刊は二〇一七年十月に出版された『コンクリにはまって』。八年ぶりに発表されたこの小説は、二人の子どもが主人公のフランス文学には珍しいコミカルな物語で、レーモン・クノーの『地下鉄のザジ』を彷彿とさせる生き生きとした話し言葉を用いて書かれている。ガレタの著作はこれまでに日本語を含む八カ国語に翻訳されている。代表作である『スフィンクス』は、二〇一六年にアメリカで英訳が出版されると、「LGBT小説のカノン」として紹介され大きな反響を呼んだ。二〇一七年に英訳された『ノット・ワン・デイ』は、二〇一八年春、アメリカで翻訳されたフランス語の小説に与えられるアルベルチーヌ賞を受賞している。

アンヌ・ガレタは一年の半分をアメリカで暮らす仏英バイリンガルであり、ノースカロライナ州にあるデューク大学でフランス文学を教えている。専門は小説の起源と歴史、一八世紀フランス文学（ルソーとディドロ）、批評理論、クイア理論など。プルースト研究者ではないが「スワン家の方へ」刊行から百周年に当たる二〇一三年には、コロンビア大学で開催された国際シンポジウム「プルースト再読（Proust Reread）」で登壇し、「わたし・あなたの人生によるプルースト改善法（How my/your life can change Proust）」という題目で発表している。影響を受けた作家としてラファイエット夫人、フローベール、プルースト、ナボコフ、ゴーゴリなどを挙げている。

＊

本書は基本的には犯罪小説であり、語り手が犯罪についての理論家であるという点においてはメタ犯罪小説ともいえる。だが、第二部第三章における語り手自身の言葉を真に受けてみるならば、

『失われた時を求めて』の一風変わったダイジェスト版であるともいえるだろう（通常、長編小説のダイジェストで削除されるのは細部や脱線部分だが、本書で削除されるのは登場人物だ、とは語り手の言である）。

この小説の語り手は、読者に語りかけながら読者を殺人現場に連れ回す。いつのまにか共犯者に仕立て上げられてしまった読者と語り手によるプルーストの冒瀆は、しかし、「私はプルーストの精神に忠実である」という作者の言葉を信じ、かつ『失われた時』の「ヴァントゥイユ嬢による最愛の父の冒瀆」を思い出してみるならば、プルーストへのオマージュと捉えることも可能だ。

ところで、この小説を読んでいると、どことなく既視感に襲われる。いつかどこかで読んだことのある文章ではなかったかという気がしてくる。それもそのはずで、作者は『失われた時を求めて』の文章を引用し、書き換えたうえで、随所にさまざまな詩や小説の切れ端を紛れ込ませているのだ。アンヌ・ガレタはダンス・ミュージックが好きで、パーティーでＤＪを担当することもあるが、本書はそんな作者による『失われた時を求めて』のサンプリング・リミックス小説ともいえるのである。

殺しを終えた後、悠々と帰宅した語り手は、コンピュータに格納された『失われた時』のフルテキストから、殺した登場人物の名前が出てくる全ての文章を削除する。Windows 95が発売された一九九五年から一九九九年にかけて執筆された本書は、サイバー小説としての側面も持ち合わせている。

『失われた時を求めて』を読んだことがない読者でも十分楽しめる作品になっている。ただし、結末に関しては、プルーストの描いたアルベルチーヌがどういう人物であるかを知らなければ解釈が難しいと思われるため、この後で解説を加える。

本書の目立った特徴は、プルーストの『失われた時を求めて』から文章を引用し書き換えることによって別の作品を作っている、という点にある。この手法は、第一部第二章では「創造的翻訳」と呼ばれているが、著者によると、これは第二部第三章で言及されるレーモン・クノーの『ヒルベルトの文学基礎論』で用いられている「変換」という制約を作品全体に応用したものである。

とはいえ引用・改竄はウリポの十八番であり、必ずしもガレタの発明というわけではない。訳者の印象では、この小説におけるガレタらしさは、「性数の一致」というフランス語の文法規則を殺しの規則として採用した点にある（フランス語の名詞は男性・女性・単数・複数の区別があり、名詞の性別と数に従って名詞につく形容詞も変化する。この規則のために、「私は女性」「彼は男性」とわざわざ表明するまでもなく、私であれ彼であれ言葉によって指示される人間の性別は言語の上で常に明示されることになる）。最初から最後まで主人公二人の性別を明かさなかった『スフィンクス』の文体実験はまさにこの文法規則を骨抜きにする試みだったが、本書はこの規則にそぐわない人物として『失われた時を求めて』の主人公の恋人であるアルベルチーヌを登場させることで、殺しの規則＝文法規則を崩壊に導いている。（プルーストの小説のなかで、アルベルチーヌは女性として描かれてはいるもののモデルは男性といわれており、両性具有的な存在である。また、『失われた時』の主人公の心・記憶のなかでアルベルチーヌは何人も存在している。したがって、「男でもあり女でもある、あるいはそのどちらでもない、複数の存在」であるアルベルチーヌは、「性数の一致」に基づいた殺しの規則では殺すことができない、ということになる）。この点では、ポストモダン的手法で書かれた犯罪小説である『分解』は、古典的な文体で書かれた恋愛小説である『スフィンクス』の双子であるといえるのだ。

なお、本書の原題の *La Décomposition* には、分解、腐敗、崩壊といった意味がある。本文中に頻出するこの言葉は、文脈に応じて「分解」「解体」と訳し分けた。「分解」とは文字通り『失われた時』を分解・解体することであり、「腐敗」は肉体の腐敗すなわち死を、「崩壊」は語り手のもくろみの崩壊を、それぞれ暗示していると考えられる。

言葉の音の響きや流れは美しいが、構文は時に複雑で、古語や難語、稀少語、専門用語、外国語、それに造語や掛詞といった言葉遊びも用いられており、しばしば立ち止まって考えることを強いられる文章である。教養あるフランス人でも読みにくいと感じるようで、日刊紙『リベラシオン』のインタビューで「なぜこんなに難解なものを書くのか」と問われた著者は、「文学はフラストレーションによって作られるものではない」「文学にＳＭＩＣ（最低賃金）はない」「自分は読者のことを信じている」から、などと回答している。言葉遊びの部分に関しては、訳者の力不足もあり伝えきれない部分が多々あったことが残念でならないが、本書のもつ文体の魅力が少しでも読者のみなさんに伝わっていれば幸いである。

翻訳の底本には一九九九年にグラッセ社から出版された初版本を使用し、文庫版の Anne F. Garréta, *La Décomposition*, Le Livre de poche (n°. 15279), 2002 を適宜参照した。これまでに書籍として刊行された著者の作品を以下に挙げておく。

『スフィンクス』（*Sphinx*, Grasset, 1986.〔吉田暁子訳、新潮社、一九九一年〕）
『人類と訣別するため』（*Pour en finir avec le genre humain*, Editions François Bourin, 1987.）
『澄み切った空』（*Ciels liquides*, Grasset, 1990.）
『『失われた時を求めて』殺人事件』（*La Décomposition*, Grasset, 1999.（〔本書〕）
『ノット・ワン・デイ』（*Pas un jour*, Grasset, 2002.）
『エロス・メランコリック』（*Eros mélancolique*, Grasset, 2009.〔ジャック・ルーボーとの共著〕）
『コンクリにはまって』（*Dans l'béton*, Grasset, 2017.）

原書で引用されている詩や小説については、新たに訳出するのではなく、基本的には既訳をそのまま使用し、必要と思われる箇所については適宜改変した。この本のなかで参照させていただいた全ての訳業にここで敬意と感謝を捧げます。

『失われた時を求めて』の翻訳は複数あるが、文体の統一という観点から基本的に翻訳が完結しているものを参照することとし、『プルースト全集』（筑摩書房）の井上究一郎訳をベースにしながら、同氏訳の新潮社版、鈴木道彦訳、吉川一義訳、高遠弘美訳を適宜参照した。これ以外に本書で引用させていただいた翻訳書を以下に挙げる。

『芸術の一分野として見た殺人』（『トマス・ド・クインシー著作集　1』）、野島秀勝他訳、国書

刊行会、一九九五年
アンドレ・ブルトン『超現実主義宣言』、生田耕作訳、中公文庫、一九九九年
T・S・エリオット『荒地』(『世界詩人全集　十六』)、西脇順三郎訳、新潮社、一九六八年
『マラルメ詩集』、鈴木信太郎訳、岩波文庫、一九六三年
『イジチュール』(『マラルメ全集　I』)、渡辺守章訳、筑摩書房、二〇一〇年
『ブレストの乱暴者』(『ジャン・ジュネ全集　第二巻』)、澁澤龍彦訳、新潮社、一九六七年
『ランボー全詩集』、鈴木創士訳、河出文庫、二〇一〇年
『ボードレール全詩集〈1〉』、阿部良雄訳、ちくま文庫、一九九八年
『ヴァレリー全集　I』、鈴木信太郎他訳、筑摩書房、一九七七年
『黒んぼたち』(『ジャン・ジュネ全集　第四巻』)、白井浩司訳、新潮社、一九六八年
『伝説的な教訓劇』(『ラフォルグ全集　三』)、広田正敏訳、創土社、一九八一年

原文の大部分はフランス語で書かれているが、時おり外国語(英語・ドイツ語・イタリア語・ラテン語)も混じっている。特に第一部第五章では、ゲーム機が発する音声の表現として英語が多用されている。本書は「翻訳小説」であり、原文にある外国語は基本的にすべて日本語に訳すか、あるいはカタカナで転写するという選択肢が一般的である。にもかかわらず、あえて一部の外国語を横書きの欧文としてそのまま残すことにしたのは、原書を読むフランス人にとっても辞書なしでは理解できない単語が含まれていること、バイリンガルでもある著者が言語の多様性を肯定する発言

をしていることなどから、全文を一様に日本語にしてしまうことが著者の意図に反すると考えられたためである。縦書きの日本語に横書きの欧文が混じっていて読みにくさを感じる読者もいるかもしれないが、日本語で書かれた小説・詩作品にも横書きの欧文を混ぜている作品もあることから、たとえ外国文学の邦訳であってもこうした表現が可能であると判断した。

本書では随所に短い註を付しているが、長い説明が必要と思われる箇所については以下に説明する。

第一部第一章の章題であり、第二部第二章にも現われる「クック・クック（kuk-kuk）」という言葉について。この単語はフランス語の辞書に載っておらずほとんどのフランス人に知られていないが、ガリマール社の百科事典「遊び」の巻によると、これはロシアン・ルーレットの一種であり、二人のプレイヤーが目隠しをしたまま弾丸が装填された銃を持ち、「クック・クック」と叫んで引き金を引く、というものであるらしい。

また、本文中の引用の誤りについて。一見したところ誤りと見えて、実は作者による意図的な改変である、という箇所には、「原文ママ」という注記をつけずにそのまま残しておいた。

「フランソワーズ」の偽名「ポーリーヌ・ファム」について。ポーリーヌ・ファムをつなげて読むと「ポリファム（Polyphème）」（ギリシャ神話に出てくる単眼の巨人ポリュペーモスのこと）となる。本書ではホメロスの『オデュッセイア』への言及が多いが、この偽名もその一つである。

＊

もともとプルーストの愛読者で、『スフィンクス』と『ノット・ワン・デイ』を読んでアンヌ・ガレタのファンになった訳者は、両者の魅力を味わうことのできる本書を翻訳しているあいだ、とても幸せな時間を過ごしました。企画の段階からお世話になり、丁寧な校閲で訳文を整えてくださった水声社編集部の神社美江さんに心から感謝を申し上げます。

訳者は二〇一六年秋、南フランスのアルルでおこなわれた翻訳ワークショップに参加し、本書の翻訳にとりかかりました。ワークショップを主催した国際文芸翻訳学院（ＣＩＴＬ）スタッフのみなさん、参加者のみなさん、チューターとして指導してくださった翻訳家のみなさんにこの場を借りて感謝いたします。なかでも、訳者の質問に毎日辛抱強く答えてくれたエムリンさん、多岐にわたって貴重な助言をいただいたパトリック・オノレ先生と関口涼子先生、熱心なご指導と温かな励ましをくださったドミニック・パルメ先生と小野正嗣先生に深く感謝を申し上げます。また、原文中のドイツ語について詳細にご教示くださった森田浩子さん、資料調査をお手伝いいただいた久保田悠介さん、何度も訳文に目を通してコメントをくれた森田俊吾さん、訳者の質問に対し一つひとつ丁寧に答えてくださった著者のアンヌ・ガレタさんにお礼を申し上げます。どうもありがとうございました。

二〇一八年八月

高柳和美

著者／訳者について――

アンヌ・ガレタ（Anne Garréta）　一九六三年、パリに生まれる。小説家。レーモン・クノーらが創設した潜在文学工房（ウリポ）の数少ない女性メンバー。エコール・ノルマル卒業後、デューク大学とレンヌ大学で教鞭をとる。二十三歳で処女作『スフィンクス』（一九八六年。新潮社、一九九一年）を発表、その後、『ノット・ワン・デイ』（二〇〇二年）でメディシス賞を受賞し、現在も作品を発表し続けている。

高柳和美（たかやなぎかずみ）　一九七九年、富山県滑川市に生まれる。東京大学文学部卒。金沢大学大学院修士課程修了。主な論文に、「創造性の起源としての女性性をめぐって――ノアイユ、プルースト、ウィニコット」（『言語態』一四号、二〇一四年）、「「アルベルチーヌのアイスクリーム」再考――プルースト『囚われの女』における取り入れの空想」（『言語情報科学』一一号、二〇一三年）などがある。

装幀——宗利淳一

『失われた時を求めて』殺人事件

二〇一八年一〇月二〇日第一版第一刷印刷　二〇一八年一〇月三〇日第一版第一刷発行

著者——アンヌ・ガレタ
訳者——高柳和美
発行者——鈴木宏
発行所——株式会社水声社
東京都文京区小石川二—七—五　郵便番号一一二—〇〇〇二
電話〇三—三八一八—六〇四〇　FAX〇三—三八一八—二四三七
［編集部］横浜市港北区新吉田東一—七七—一七　郵便番号二二三—〇〇五八
電話〇四五—七一七—五三五六　FAX〇四五—七一七—五三五七
郵便振替〇〇一八〇—四—六五四一〇〇
URL: http://www.suiseisha.net

印刷・製本——モリモト印刷

ISBN978-4-8010-0364-4
乱丁・落丁本はお取り替えいたします。

フィクションの楽しみ

ステュディオ　フィリップ・ソレルス　二五〇〇円
傭兵隊長　ジョルジュ・ペレック　二五〇〇円
眠る男　ジョルジュ・ペレック　二二〇〇円
煙滅　ジョルジュ・ペレック　三二〇〇円
美術愛好家の陳列室　ジョルジュ・ペレック　一五〇〇円
人生使用法　ジョルジュ・ペレック　五〇〇〇円
家出の道筋　ジョルジュ・ペレック　二五〇〇円
Wあるいは子供の頃の思い出　ジョルジュ・ペレック　二八〇〇円
ぼくは思い出す　ジョルジュ・ペレック　二八〇〇円
パリの片隅を実況中継する試み　ジョルジュ・ペレック　一八〇〇円

秘められた生　パスカル・キニャール　四八〇〇円
骨の山　アントワーヌ・ヴォロディーヌ　二二〇〇円
1914　ジャン・エシュノーズ　二〇〇〇円
エクリプス　エリック・ファーユ　二五〇〇円
長崎　エリック・ファーユ　一八〇〇円
わたしは灯台守　エリック・ファーユ　二五〇〇円
家族手帳　パトリック・モディアノ　二五〇〇円
地平線　パトリック・モディアノ　一八〇〇円
あなたがこの辺りで迷わないように　パトリック・モディアノ　二〇〇〇円
デルフィーヌの友情　デルフィーヌ・ド・ヴィガン　二三〇〇円
もどってきた鏡　アラン・ロブ＝グリエ　二八〇〇円

赤外線　ナンシー・ヒューストン　二八〇〇円
草原讃歌　ナンシー・ヒューストン　二八〇〇円
モンテスキューの孤独　シャードルト・ジャヴァン
　二八〇〇円
涙の通り路　アブドゥラマン・アリ・ワベリ
　二五〇〇円
バルバラ　アブドゥラマン・アリ・ワベリ
　二〇〇〇円
ハイチ女へのハレルヤ　ルネ・ドゥペストル
　二八〇〇円
石蹴り遊び　フリオ・コルタサル　四〇〇〇円
モレルの発明　A・ビオイ＝カサーレス　一五〇〇円
テラ・ノストラ　カルロス・フエンテス　六〇〇〇円
古書収集家　グスタボ・ファベロン＝パトリアウ
　二八〇〇円
リトル・ボーイ　マリーナ・ペレサグア　二五〇〇円
連邦区マドリード　J・J・アルマス・マルセロ
　三五〇〇円
暮れなずむ女　ドリス・レッシング　二五〇〇円
生存者の回想　ドリス・レッシング　二二〇〇円
シカスタ　ドリス・レッシング　三八〇〇円
これは小説ではない　デイヴィッド・マークソン
　二八〇〇円
ライオンの皮をまとって　マイケル・オンダーチェ
　二八〇〇円
神の息に吹かれる羽根　シークリット・ヌーネス
　二二〇〇円
ミッツ　シークリット・ヌーネス　一八〇〇円
メルラーナ街の混沌たる殺人事件　カルロ・エミーリオ・ガッダ　三五〇〇円
欠落ある写本　カマル・アブドゥッラ　三〇〇〇円
［価格税別］